Les avis de notre Cercle des lectrices

Mélange de Titanic *et de* Ghost, *ce fabuleux roman aux notes historiques et spirituelles est un véritable coup de cœur ! Ce roman extraordinaire nous ouvre les portes d'un monde où les belles âmes se reconnaissent et se retrouvent enfin.*
Amours karmiques, synchronicités, âmes sœurs, humour et poésie, tous les ingrédients sont réunis pour passer un excellent moment de lecture.
À travers cette magnifique histoire, l'autrice nous enseigne, nous donne une belle leçon de vie pour nous améliorer dans notre propre vie afin d'atteindre le bonheur, le vrai !
J'ai véritablement aimé ce roman doux et lumineux empreint de belles énergies. Je vous le recommande chaudement !

Caroline @carol_in_besac

Ce livre est un magnifique coup de cœur ! Tous les thèmes présents étaient faits pour que je l'aime. L'amitié entre Jay et Cliff est très belle, et la relation entre Dee Dee et son frère m'a beaucoup amusée. C'est à la fois amusant et touchant, tout est dosé à la perfection. La mise en forme du récit, principalement sous forme de dialogues, rend la lecture dynamique et très appréciable. J'avais le sentiment d'être à côté des personnages à chaque discussion, je me projetais avec eux. J'arrivais à m'imaginer cette maison de Long Beach, ce ponton et le Queen Mary. Souvent, je me rends compte que j'ai vraiment apprécié un livre quand, une fois fini, je cherche à continuer ma lecture en faisant des recherches sur le sujet. C'est ce qu'il s'est passé : voir des photos de Long Beach et du Queen Mary m'a bien donné envie de partir en voyage et de trouver moi aussi mon Cliff Cloud.
Merci à Éliane Saliba Garillon de m'avoir fait voyager avec ce magnifique livre.

Charlotte @ chach_la_lectrice

Je me suis laissé surprendre et embarquer par cette histoire d'amitié inattendue. J'ai trouvé l'approche de l'autrice très originale. Sa vision de la mort et des âmes qui choisissent de demeurer sur Terre pour accompagner ceux qui restent m'a énormément touchée. C'est une histoire parfaite pour croire encore plus aux signes et aux synchronicités. C'est tendre, doux et lumineux.

Alexia @lespetitspasdalexia

J'ai passé un très bon moment de lecture en compagnie de Jay, Chikadee, Antoine et Cliff. C'est une lecture originale, fraîche et sans prise de tête, en somme, c'est une lecture qui fait du bien. C'est une magnifique histoire d'amour, mais aussi une histoire d'amitié hors du commun. Ce roman nous offre une autre vision de la mort, de l'après. Il réchauffe le cœur et m'a confortée dans mon idée d'un au-delà, de la persistance d'une part de nous après le grand voyage. C'était doux, drôle, poétique et réconfortant. Je ne peux que vous conseiller de vous laisser aussi charmer par ces fantômes trop bavards, mais tellement attachants.

Laura @les_lectures_de_maman_plume

J'ai vraiment été attirée par le titre et le résumé de ce livre que j'avais très envie de découvrir. J'ai passé un très bon moment de lecture avec ce roman qui se lit vraiment facilement. J'ai aimé le fait que le personnage principal, Jay, soit un homme.

J'ai trouvé Jay attachant. J'ai aimé les notes d'humour concernant ses lointaines origines françaises, sa sœur Dee Dee, haute en couleur et extravagante, son fils Antoine et son ex-femme, qui ne sait pas ce qu'elle veut. Les personnages sont vraiment bien dépeints.

C'est une chose en laquelle je crois, et j'ai trouvé que c'était vraiment une très belle histoire bien racontée. C'est aussi une histoire de destin qui nous montre bien que tout ce qui arrive dans le présent a été déterminé par tous les évènements passés et que, sans que nous en ayons conscience, tout est lié. C'est une lecture que je vous recommande.

Sophie @sophie_tu_lis_quoi

Ce roman nous offre une chouette histoire de fantôme, d'amitié et d'amour éternel. C'est un doux moment de lecture qui nous transporte en Californie ainsi qu'à New York. Si le début de l'histoire ne m'a pas complètement entrainée, j'ai fini par m'attacher à Jay, à sa sœur Chikadee, ou plutôt Dee Dee, et aux collègues de Jay – Jack et Jude, des personnages éclectiques qui ne manquent pas d'humour. Deux autres personnages font faire peu à peu leur apparition, je vous laisse découvrir leur spécificité !
Je retiendrai de ce roman un sentiment d'apaisement et une réflexion intéressante sur le thème du destin. La relation frère-sœur m'a touchée, tout comme les différents personnages, qui vont connaître des relations de couple assez différentes et, pour certains, très surprenantes ! À découvrir pour passer un joli moment de lecture…

Katy @voyagesdek

Plongez dans ce roman atypique où le personnage principal, un homme doux et gentil, sera guidé par un fantôme. L'auteure aborde avec beaucoup d'humour le thème de la mort, mais aussi où nous conduisent nos choix de vie. L'amour et la famille sont au cœur de l'histoire, et j'ai passé un très bon moment en compagnie des personnages, tous très attachants. Une lecture douce et touchante qui nous apprend l'écoute de soi et la force de l'amitié.

Sarah @lectures.de.sarah

ÉLIANE SALIBA GARILLON

LE CHARME DES FANTÔMES TROP BAVARDS

Jouvence
roman

De la même autrice
Ces très chers voisins, City Édition, 2013
Le Journal impubliable de George Pearl, Arléa, 2015
La Dame du Cèdre, Lazare et Capucine, 2021
Ça ne pouvait pas tourner autrement !, Éditions de L'Escampette, 2021
Lorsque le ciel s'en mêle, Éditions F deville, 2022
Après avoir fini mon café, j'ai tout quitté pour une île grecque,
Éditions de L'Escampette, 2022

Dans la même collection aux Éditions Jouvence
L'Agence des miracles, Sofia Giovanditti
À Emilia, Julien Levy
Le Dernier Dîner, Camille Lesur
La Strip-teaseuse et le Chasseur de nuages, Sofia Giovanditti
Le Fabuleux Carnet des cœurs perdus, Enolla Brunetti
L'Écho des souffrances silencieuses, Emmanuelle Drouet
Un secret peut en cacher un autre, Céline Colle
Le Chaman du Pacifique, David Perroud
On n'est jamais à l'abri… d'une nouvelle joie, Yor Pfeiffer
Le destin n'a pas toujours tort, Cécile Hovane et Laetitia Dupont
Le Salon de thé du bonheur retrouvé, Céline Gaudel

Éditions Jouvence
Route de Florissant, 97 – 1206 Genève – Suisse
Site Internet : **www.editions-jouvence.com**
E-mail : info@editions-jouvence.com

Catalogue gratuit sur simple demande

ISBN : 978-2-88953-857-7

Couverture : François Lamidon
Correction : Céline Dutt
Mise en pages : Valérie Boukobza

À notre éternité : CHAMPAGNE !
À Tia.

« *Nous sommes des inconcevables*
avec des repères éblouissants. »
René Char

Prologue

J'étais un homme presque parfait, avec des qualités majeures que Ginger, ma femme, ne voyait plus, et des défauts mineurs qu'elle voyait aussi grands que des insectes écrasés sous une loupe. Pourtant, mes revenus de publicitaire nous faisaient vivre confortablement, nous habitions Venice, le plus joli coin de Los Angeles, et nous avions un fils idéal : Antoine. Par ailleurs, j'étais charmant. À ces quatre données suffisantes pour faire durer n'importe quelle union, Ginger a commencé à m'en opposer une seule, mais qu'elle avait jugée éliminatoire : elle ne *m'aimait plus comme avant ! Au bout de dix-huit ans de mariage, je ne trouvais pas que c'était si grave que ça... Elle, si.*

Je sentais donc que j'allais redevenir célibataire injustement, comme un élève qu'on fait échouer malgré un excellent bulletin.

– Il faudrait qu'on se sépare ! a-t-elle fini par déclarer ce matin en me rejoignant à la cuisine.

– À part ne plus m'aimer, puis-je savoir ce que tu me reproches ? lui ai-je demandé d'un ton las en attrapant machinalement le pot de confiture d'oranges amères.

– De penser à te servir de la confiture au moment où ta femme t'annonce qu'elle veut te quitter !

Je n'ai jamais été un homme insensible. Au contraire. J'arrivais simplement à rester serein en toute circonstance. Ainsi était mon caractère. À l'école, j'étais toujours élu délégué de classe parce que j'étais capable de régler n'importe quel conflit entre élèves, et même, quelquefois, entre professeurs… À la maison, mes parents m'avaient nommé porte-parole de la famille, et c'est moi qui avais été choisi, à l'âge de treize ans, pour calmer un oncle furieux à propos d'une question d'héritage.

J'étais bon, aussi. De naissance. Ma mère me racontait que quand j'étais bébé et qu'elle m'emmenait en promenade, je tendais mes biberons à tous les chats de la rue, même lorsque j'étais affamé. Plus tard, je laissais toujours ma grande sœur ouvrir mes cadeaux de Noël avant moi, et même les échanger avec les siens à sa guise. Quant à mon ornithologue de père, il n'a jamais oublié le Merlebleu azuré que je lui avais acheté à huit cent cinquante dollars avec l'intégralité de mon premier salaire, ni la Chrysler Le Baron neuve que je lui avais offerte pour ses cinquante ans, en reprenant pour moi sa vieille Chevrolet. *« Jay est si bon que si on le laissait faire, il remplacerait tous les épouvantails par des nichoirs… »*, *répétait-il autour de lui.*

Bonté et sérénité : c'étaient ces deux traits de caractère, dont je n'ai jamais pu me défaire, qui m'ont poussé à me resservir machinalement d'un peu de confiture tandis que ma femme m'annonçait son départ, au lieu de lancer le pot d'oranges amères sur le mur pour le transformer en un tableau d'art moderne.

– Qu'as-tu à me reprocher exactement ? ai-je insisté en posant calmement la cuillère à confiture dans la petite assiette prévue à cet effet.

– Tout ce qui me séduisait chez toi, au début.

Que répondre à ça ?

– Je trouverai un endroit où déménager au plus tôt en attendant qu'on s'organise, ai-je seulement déclaré à ma femme, qui allait certainement protester, car après tout, c'était elle qui voulait partir.

– Merci pour ton dévouement ! a-t-elle simplement lâché, comme si je lui avais proposé de faire une course à sa place.

1

Ma famille descendait de Pierre Samuel du Pont, né à Paris en 1739, économiste, entrepreneur, diplomate, écologiste avant l'heure, et l'un des rédacteurs du traité de Versailles de 1783. Devenu de Nemours par la grâce de Louis XVI, auquel il avait été fidèle jusqu'au bout avant d'émigrer en Amérique en 1800, ce du Pont-là était à l'origine de l'achat de la Louisiane par les États-Unis et avait vu son fils fonder une fabrique de poudre transformée en l'une des plus grandes entreprises chimiques du monde... La DuPont de Nemours.

Mon père, qui pendait à l'une des branches de cet arbre généalogique tel un mouchoir accidentellement pris entre les aiguilles d'un pin, parlait de son premier ascendant franco-américain avec l'affection qu'on réserve à un vieil oncle récemment décédé ; et ma mère, née Betty Ball à Louisville, Colorado, ne ratait jamais une occasion de rappeler à ses amies que l'ancêtre de son mari avait ses entrées à Versailles...

Mais ce qui passionnait papa chez ce premier DuPont d'Amérique, ce n'était ni ses talents de diplomate ni ceux d'entrepreneur, mais son aptitude toute particulière qui l'avait conduit à rédiger une grammaire aviaire retenue par la postérité. En effet, Stendhal l'évoquait comme « l'homme qui entendait le langage des oiseaux », et Victor Hugo renchérissait : « Les bêtes, cela parle ; et du Pont de Nemours les comprend, chants et cris, gaîté, colère, amours »... Cette reconnaissance littéraire exaltait mon père, qui assurait être devenu ornithologue parce qu'il avait ça *dans le sang*, et ma sœur et moi avions même hérité de noms d'oiseaux : on m'avait appelé Jay, et elle, Chikadee, vite transformé en Dee Dee.

Dee Dee, mon aînée de dix-huit mois, était encore célibataire à quarante-cinq ans et avait choisi d'habiter la maison de nos grands-parents maternels, située à Louisville. Moi, je ne comprenais pas pourquoi elle insistait pour vivre dans ce coin glacé du Colorado, alors que nous étions nés sous le soleil de Venice, dans une maison en bord de mer que j'utilisais comme bureau parce qu'elle refusait de revenir en Californie. Nous étions proches l'un de l'autre tout en étant aussi différents que possible, y compris physiquement. J'étais un blond plutôt corpulent et à l'allure tranquille tandis qu'elle était une copie de Sally Field : petite, mince, châtain, avec une mine constamment inquiète. En fait, ma sœur avait toujours été une boule d'angoisse. Bébé, elle pleurait tout le temps sans que l'on sache pourquoi. « Peut-être son caractère... » avait fini par diagnostiquer le pédiatre, tout autant désorienté que mes parents. Adolescente, elle n'avait pas d'amis et passait son temps libre dans sa chambre, à lire ou à dessiner. C'est ainsi qu'elle était devenue autrice de livres pour enfants et avait créé la collection des *Chikadee*, des albums illustrés dont l'héroïne était une mésange qui vivait dans le jardin d'une maison habitée par une grande famille : les Bluebird. Madame et monsieur Bluebird se chamaillaient en permanence et avaient cinq enfants qui en faisaient de même… Mais la mésange Chikadee, sage observatrice de ces êtres perturbés, trouvait toujours le moyen d'arranger les choses en méditant sur la complexité des relations humaines et sur sa chance d'être un oiseau. En vingt-cinq ans, Dee Dee avait publié une vingtaine de livres, ce qui lui avait valu une petite notoriété littéraire qui ne lui avait nullement changé son caractère. Au contraire ! Écrire et dessiner lui avait permis de gagner sa vie sans bouger de la maison, et elle avait fini aussi sédentaire que la mésange de ses histoires.

Je me rendais chez elle deux fois l'an, accompagné d'Antoine, qui adorait sa tante, mais jamais de Ginger, qui la trouvait renfermée et hystérique, tandis que pour Dee Dee, ma femme était *décadente*. Je sortais toujours un peu perturbé de ces visites qu'elle mettait à profit pour me déverser ses angoisses à propos de la situation du monde et de ses propres états d'âme. Mais du fait que ma mère m'avait répété durant toute notre enfance, et jusqu'à son dernier souffle, « Chéri, fais attention à ta sœur ! », je continuais à obéir fidèlement, bien que Dee Dee soit la seule personne sur cette planète capable d'écorner mon calme légendaire. Sa manière de regretter le passé, même vieux de quelques heures seulement, et de décortiquer le présent comme un poisson cuit dont on ôtait les arêtes une à une avait le pouvoir d'altérer la sérénité de tout être vivant… Y compris celle de ses trois chats !

2

Je suis parti de chez moi le samedi 31 décembre au matin, trois jours après ma discussion avec Ginger. Un ami venait de mettre en location à Long Beach, au sud de Los Angeles, la maison de sa mère Eileen décédée depuis peu, et j'avais sauté sur l'occasion de déménager dans cet endroit qui se situait à trente-huit minutes de Venice. Mon nouveau chez-moi était vaste, et comportait trois chambres à coucher et un séjour décorés de froufrous, de tableaux préraphaélites et de meubles tendus d'un tissu fleuri imprégné d'une senteur de talc : un cocon de vieille dame qui m'a donné l'impression d'être Titi réfugié chez Granny pour échapper à Grosminet. Cependant, c'était l'accès direct à la mer qui m'avait scotché. On avait pratiquement les pieds dans l'eau grâce à une porte-fenêtre qui ouvrait sur un ponton privé, avec le fameux *Queen Mary 1* qui flottait juste en face ! Je savais que ce navire avait été transformé en hôtel et comptait parmi les résidents permanents du port de Long Beach, mais de l'avoir comme voisin était quand même incroyable.

– Grandiose ! s'est exclamé Antoine qui m'avait aidé à transporter mes affaires. Tu y seras très bien en attendant que maman reprenne ses esprits.

– Quand elle les reprendra, elle vivra avec eux.

– Sois cool, papa ! Tu l'as toujours été. Je pense seulement qu'elle traverse un cap psychologiquement difficile. Tu sais, les femmes, à cet âge…, a allégué avec philosophie mon fils de dix-sept ans, beaucoup plus mûr que sa mère de quarante-trois.

– Tu sais aussi, les hommes, à mon âge… Ça s'appelle l'andropause et ça me gardera à Long Beach jusqu'à ce que mort s'ensuive.

– Je ne crois pas. Je te connais. N'empêche que je viendrai passer quelques week-ends ici, avant ton retour, a-t-il ajouté en jetant des yeux admiratifs aux yachts qui se balançaient des deux côtés du ponton au gré des ondulations de l'eau.

Une fois Antoine parti, je me suis servi un scotch bien tassé avant de me poster devant la fenêtre, le regard flottant sur les vagues, tentant d'assimiler ce qui m'arrivait. Il est vrai que ma vie conjugale avait toujours ressemblé à une piste d'autotamponneuses sur laquelle je manœuvrais habilement pour éviter les chocs, mais pour une raison que j'ignorais, je venais de m'offrir un accident frontal ! La plupart de nos amis mariés de longue date *ne s'aimaient plus comme avant*, pour reprendre l'expression de Ginger, mais ils s'en fichaient royalement parce qu'ils avaient d'autres chats à fouetter, alors que ma femme avait décidé d'en faire un drame. Comment diable pouvait-on rester captivé par quelqu'un avec qui on partageait une même salle de bains depuis dix-huit ans ? Mais Antoine avait peut-être raison. Sa mère vivait une crise et se rendrait vite compte qu'il y a pire que d'aimer moins un mari exemplaire. En attendant, j'allais me plonger dans le travail.

Ma petite agence de publicité venait de remporter le budget d'un nouveau chocolat et j'avais du pain sur la planche. Je me suis donc résolu à travailler à domicile pour éviter de me rendre à mon bureau-maison de Venice, ce qui arrangerait certainement mes deux collaborateurs, qui habitaient tout près d'ici.

Aujourd'hui, on enterrait l'année 2021, et je comptais me remonter le moral avec un dîner léger que je prendrais seul sur le ponton en levant mon verre au *Queen Mary* amarré en face de moi. En fin de compte, nous étions tous les deux des exilés à Long Beach : lui depuis 1967 et moi depuis ce matin. Ne me restait qu'à aller faire quelques courses après avoir appelé Dee Dee pour lui souhaiter d'avance une bonne année, mais sans lui parler de mes problèmes conjugaux. Elle détestait Ginger, qu'elle avait surnommée Ginger Owl, en référence aux grosses lunettes rondes que ma femme portait en permanence, et je la savais tout à fait capable de faire un saut en Californie rien que pour m'empêcher de rentrer à la maison.

– Bonne année, Colorado ! me suis-je exclamé, enjoué, utilisant le surnom que je lui donnais depuis son déménagement dans cet État.

– C'est tout ce que tu trouves à me dire ? s'est-elle écriée avec ce qui me semblait une pointe d'irritation.

– C'est de circonstance, non ?

– De circonstance ? Alors que ma maison a brûlé, que Louisville est en cendres, et que je me retrouve à dormir par terre dans une salle commune de la municipalité, sans même un vêtement de rechange ? Eh bien, bonne année, mon cher, et désolée de ne pas avoir un verre à la main pour boire à ta santé, la bouteille de champagne que j'avais placée dans mon frigo ne doit plus être à la température adéquate.

– Bordel, Dee Dee ! Explique-moi ce qui arrive !

– Tu n'as pas de télé chez toi ? Plus d'un millier de maisons sont parties en fumée, dans mon coin. Si brusquement que personne n'a eu le temps de sauver quoi que ce soit !

– Oh merde ! Des victimes ?

– On ne sait pas encore combien, parce que maintenant, il neige. Comment peux-tu ne pas être au courant ?

– Disons que j'ai eu vingt-quatre heures difficiles.

– Pas autant que moi.

– Que vas-tu faire, maintenant ?

– Si tu n'avais pas transformé en bureau la maison de nos parents, je serais venue m'y abriter.

– Je t'avais suppliée de t'y installer, mais tu ne rêvais que de partir pour le Colorado.

– Parce qu'en vivant à Venice, je prenais le risque de croiser ta femme à chaque tournant. Et à présent, j'ai tout perdu à cause d'elle !

– Ridicule.

– Normal que tu la défendes, mais je ne te demande rien. Je vais rester ici et panser mes plaies avec d'autres sans abris : ceux qui n'ont pas de famille auprès de laquelle se réfugier.

– Toi, tu en as une.

– Je préfère me consumer sur place plutôt que de quémander quelques mètres carrés à Ginger Owl.

– J'habite seul maintenant, ai-je avoué à regret.

– Tu l'as quittée ? L'année ne se termine pas si mal, finalement ! Pourquoi me l'as-tu caché ?

– Ça vient de se produire, c'est d'ailleurs la raison pour laquelle je n'ai pas prêté attention aux nouvelles, ces dernières vingt-quatre heures... Mais c'est une situation provisoire.

– C'est ce qu'on dit ! J'espère que tu n'es pas resté à Venice.

– Je suis à Long Beach.

– J'arrive.

J'ai soupiré en songeant que le « Chéri, fais attention à sœur ! » allait me poursuivre toute ma vie et que, décidément, je ne me départirais jamais de mon caractère de bonne pâte : Jay, toujours prêt à voler au secours des autres ! Puis j'ai mis CNN qui diffusait en boucle des images du Colorado où les incendies avaient fait rage la veille, justement là où habitait ma sœur. Les dégâts étaient énormes, et je n'en avais rien su, mes problèmes personnels m'ayant déconnecté de tout depuis hier. Restait à joindre mon fils pour le rassurer à propos de sa tante.

– Maman vient de me mettre au courant et m'a ordonné d'appeler Dee Dee immédiatement, m'a-t-il annoncé tout de suite.

– Comme c'est gentil !

– Pour lui rappeler que la maison du Colorado nous appartient aussi et qu'elle a le devoir de contacter la compagnie d'assurance au plus tôt.

– Voilà à quoi elle pense, alors que Dee Dee a tout perdu, aurait pu être morte à l'heure qu'il est et se réfugie chez moi en urgence sans même une brosse à dents ? me suis-je indigné.

– Elle vient à Long Beach ?

– Dès aujourd'hui, si elle le peut. Et ne me demande pas comment j'ai pu passer d'une vie avec ta mère à une cohabitation avec ma sœur en l'espace de quelques heures !

C'est accompagné d'Antoine que je suis allé récupérer Dee Dee à l'aéroport, le soir même. Elle s'est avancée vers nous, la mine défaite et sans bagages, ce qui nous a serré le cœur.

– Ça a été un miracle de trouver une place d'avion aussi vite, un 31 décembre, mais mon statut de réfugiée a aidé, nous a-t-elle déclaré avec les larmes aux yeux.

– Je suis sûr que tu pourras bientôt rentrer chez toi, l'a rassurée Antoine. Dans ces cas-là, les compagnies d'assurance réagissent vite.

– En faisant quoi ? lui a-t-elle répliqué d'une voix vibrante. Rien ne peut compenser la perte des objets qu'on a toujours aimés ! Mon Dieu, que de souvenirs partis en fumée… Et puis, reconstruire une nouvelle maison là-bas ? Pour quoi faire ? Elle n'aura plus rien en commun avec celle où nos grands-parents sont morts et où je sentais que leurs âmes veillaient sur moi. Autant rester à Long Beach avec ton père.

J'ai jeté un coup d'œil désemparé à mon fils qui a posé une main consolatrice sur mon épaule, et nous sommes rentrés à la maison, non sans avoir d'abord acheté de quoi composer un menu officiel de réveillon pour faire plaisir à Dee Dee, alors que j'aurais voulu me coucher tout de suite pour enterrer une année qui finissait en cendres, tant pour le Colorado que pour moi. Antoine, quant à lui, nous a quittés pour rejoindre des amis avec qui il fêterait la nouvelle année.

– Il y a amplement de la place pour deux ! s'est exclamée ma sœur en pénétrant chez moi.

– Pas tant que ça, parce que pour un certain temps, cette maison va aussi me servir de bureau.

– Aucun problème. Je ne suis pas difficile, la chambre avec salle de bain, un coin du séjour et la cuisine me suffiront. Et bon Dieu ! Cette vue ! De quoi me réconcilier avec la Californie... On réveillonnera dehors, c'est décidé, et je m'occupe de dresser la table. Va te reposer.

– C'est plutôt à toi qu'on devrait le dire ! Tu viens de passer vingt-quatre heures horribles.

– Tellement horribles que je ne réalise pas encore ce qui m'arrive, alors profites-en !

Le genre de détente qu'il me fallait n'était certes pas physique, et je me suis retiré pour ranger mes affaires et contacter mes deux collaborateurs afin de les avertir de notre changement d'adresse. John et Jude étaient des amis d'université avec lesquels j'avais fondé, quelques années plus tôt, une agence de publicité. Pour faire des économies, nous nous étions installés à Venice, dans la maison héritée de mon père. Mais ma nouvelle situation changeait la donne.

Je suis ressorti sur le ponton pour découvrir que Dee Dee avait déniché une jolie nappe rouge, un chandelier portant deux bougies dorées et des assiettes décorées de motifs de Noël qu'elle avait arrangés sur une petite table ronde entourée de deux chaises provenant de la cuisine. Elle avait disposé le tout à moins d'un mètre de l'océan. La salade de crevettes, le saumon fumé, le fromage de tête et le Caprice des Dieux achetés chez le traiteur trônaient sur trois plats en porcelaine blanche, et la bouteille de Mumm Cordon Rouge que j'avais rapportée de la maison trempait dans un seau à champagne. J'étais impressionné.

– Ça m'a fait du bien de m'occuper, a-t-elle déclaré dans un soupir.

L'air était particulièrement doux en cette soirée de décembre, et l'année s'était achevée sur une journée ensoleillée. Nous nous sommes installés ensemble, le regard fixé sur le flanc du *Queen Mary*, qui était tout illuminé.

– Sais-tu que ce navire est l'un des dix endroits les plus hantés du monde ? m'a-t-elle informé.

– Je doute que toutes ces lumières puissent attirer des fantômes, me suis-je esclaffé. Ils ont la réputation d'être plutôt discrets.

– Je suis sérieuse, je l'ai lu dans le *Time*.

– Alors, levons nos verres à ceux qui peuvent nous voir d'ici, ai-je proposé en sortant de ses glaçons la bouteille de Mumm, bien que trinquer à la santé des morts, c'est s'y prendre un peu tard.

– Ne plaisante pas avec ça ! À Louisville, je sentais que les esprits de grand-père et grand-mère se promenaient encore dans la maison, et maintenant, ils en ont été chassés, comme moi.

– Ils t'ont peut-être suivie jusqu'ici... Et si ça se trouve, ils ont même invité quelques esprits du *Queen Mary* à nous rejoindre autour de minuit.

– Ce n'est pas une conversation de réveillon ! s'est-elle écriée en jetant des regards inquiets en direction du navire.

– C'est toi qui as commencé.

– En parlant de réveillon, te rappelles-tu quand nos parents sortaient veiller, ce soir-là ? Maman ressemblait à une sirène avec sa robe d'écailles dorées, celle que j'ai toujours rêvé d'avoir, mais qu'elle a fini par transformer en nappe. Et papa sentait si bon avec ce parfum dont il s'aspergeait.

– Old Spice.

– C'est ça ! Et on se réveillait le matin en découvrant des sacs de cotillons sur nos lits.

– Tu me prenais toujours le mien.

– Parce que tu te laissais toujours faire, et ta faiblesse était en fait un atout qui nous a beaucoup rapprochés. Mais ta femme a dû en profiter, et voilà le résultat !

– Oublie Ginger.

– Je l'ai oubliée depuis le jour où elle m'a interdit d'offrir son cadeau d'anniversaire à Antoine.

– C'était une boîte de chocolats et il avait deux ans. Tu savais que Ginger avait banni le sucre de la maison parce qu'une alimentation saine était une priorité absolue pour elle. Antoine n'a acheté son premier sachet de M&M's qu'à treize ans, avec son argent de poche et en cachette de sa mère.

– Et tu as accepté ce genre de régime pendant dix-huit ans alors que maman était la reine des donuts à la crème, et que nous n'avons jamais terminé un déjeuner dominical sans les tranches de gâteau que papa passait acheter en sortant de la messe ? Avant de les servir, il les arrosait d'un peu de… Cointreau, c'est ça ? Et il nous avait même offert deux canaris appelés Douceur et Liqueur. Tu te rappelles ?

– Ginger a été éduquée autrement et elle n'a pas tort de faire attention. La preuve est que sa cuisine m'a gardé en pleine forme.

– J'ai la même forme que toi. Mais le problème est que ta femme est très américaine.

– Nous aussi.

– Pas autant ! Et je ne parle pas seulement du Cointreau, mais aussi des boîtes de cassoulet au canard qu'on avait toujours en réserve. Et puis, on était les seuls de l'école à manger des sandwiches camembert/laitue au lieu de beurre de cacahuètes/gelée de raisin. Tu ne peux pas nier que nous avons du sang français dans les veines, et maintenant, laisse-moi desservir et chercher le dessert.

– Nous n'en avons pas acheté.

– Eh bien, j'ai trouvé une boîte de Betty Crocker à la cuisine : la Super Moist French Vanilla. C'est mieux que rien et ça nous fera débuter l'année en mangeant quelque chose de blanc. Il paraît que ça porte bonheur.

J'ai pris une part de ce gâteau chimique et sucré en regardant les feux d'artifice qui éclataient au-dessus de l'océan, leurs lumières multicolores se reflétant sur les flots obscurs, et j'ai pensé avec amertume que j'entamais cette année 2022 hors de chez moi, dans la propriété d'une vieille dame défunte, en compagnie d'une sœur dont la maison venait de brûler. Je n'étais pas sûr que manger quelque chose de blanc suffirait pour arranger les choses...

– Je me demande avec qui Ginger est en train de célébrer la nouvelle année, ce soir, s'est interrogée Dee Dee en reposant sa coupe de champagne et en me fixant avec intérêt.

– Avec personne. Elle a toujours détesté les réveillons et m'entraînait au lit à vingt-deux heures pour que la nuit s'écoule plus vite.

– Pauvre chou.

Nous sommes restés éveillés bien après la fin des feux d'artifice pour attendre Antoine qui avait assuré qu'il reviendrait nous embrasser après sa soirée entre copains.

– Bonne année, vous deux ! a-t-il crié en surgissant enfin dans le salon, des serpentins autour du cou et un chapeau de magicien planté sur la tête.

– Bonne année chéri, et viens manger ce bout de gâteau que je t'ai gardé. À ton âge, ta mère ne peut plus m'empêcher de te gâter ! a raillé Dee Dee.

– Merci tantine, mais je voudrais vite filer à la maison. Il va être deux heures et j'ai promis à maman de rentrer avant elle.

– Elle est sortie, ce soir ? me suis-je étonné.

– Tu as l'air en super forme ! a enchaîné Antoine en continuant à s'adresser à sa tante pour éviter de me répondre.

– Tu ne pensais quand même pas que j’allais gâcher la soirée de ton père un 31 décembre…, lui a-t-elle rétorqué d’un ton digne. Je ne commencerai à souffrir que demain.

3

« La façon la plus rapide de mettre fin à une guerre est de la perdre. »
George Orwell

Ma sœur et moi avions été boutés de nos vies respectives d'une manière tellement soudaine que nous nous sentions comme ces rescapés d'accidents qui expliquent s'être retrouvés projetés hors de leurs corps au moment de l'impact. Commencer l'année en nous immergeant dans des activités à faible teneur de réflexions nous a donc semblé la meilleure des thérapies.

Il nous fallait prendre une sorte de semaine sabbatique du cerveau avant de refaire surface.

Dee Dee s'est tout de suite jetée sur tous les tissus de la maison pour les débarrasser de leur odeur de vieux talc en faisant tourner la machine à laver sans relâche. Elle a ensuite vidé les placards de la cuisine qui contenaient des conserves de soupes Campbell périmées depuis 1975, et l'armoire à pharmacie où traînait encore une boîte d'Aspro rose qui lui a donné les larmes aux yeux. Moi, j'ai repeint le bois du ponton qui s'écaillait, et j'ai testé les robots ménagers, dont aucun n'a pu être conservé… Pour préparer son hachis Parmentier, Dee Dee a dû utiliser un presse-purée métallique emballé dans un *San Diego Union-Tribune* daté du 11 novembre 2001. Les armoires des chambres avaient été heureusement vidées. N'y restaient que des boules de naphtaline et le *Life* du 25 juillet 1955 qui affichait sur sa couverture la photo de la nièce de Bing Crosby : une jolie fille qui posait avec son petit chien et était présentée comme la future gloire de la famille. Puisque nous étions le 4 janvier 2022, j'étais bien placé pour assurer que ce fut une fausse prédiction.

Ces activités domestiques d'un autre âge, si on peut les appeler ainsi, ont pris fin le six du mois, jour où Antoine est venu fêter les rois avec nous. J'avais fait un saut matinal chez *Le Pain quotidien* pour acheter une galette coiffée d'une couronne et accompagnée d'une fève en porcelaine offerte à part, étant donné que dans ce pays, une dent cassée n'arrive au cabinet du dentiste qu'après être passée par celui de l'avocat… De quoi coûter à l'imprudent pâtissier le prix de trois tenues de rois mages, certifiées d'époque.

– Cet endroit est devenu super ! s'est exclamé mon fils lorsqu'il est entré.

– On s'en sort, lui ai-je modestement répondu alors que la maison avait rajeuni de dix ans.

– Ton père est un chef en tout ! s'est extasiée Dee Dee. Et heureusement qu'il a une sœur pour l'apprécier à sa juste valeur. Comme nul n'est prophète en son pays, nul n'est roi dans son foyer ! Surtout si la reine est une roturière...

– N'importe quoi ! me suis-je offusqué en faisant les gros yeux à ma sœur pour lui rappeler qu'elle parlait en présence du dauphin.

– Je voudrais ajouter que si nous sommes réunis pour fêter les Rois, a-t-elle enchaîné sans se laisser intimider, c'est parce que notre famille n'a jamais oublié ses racines et ses traditions, deux cent vingt-deux ans après l'arrivée de notre cher Pierre-Samuel dans ce pays. Savez-vous que la Louisiane est le seul État où cette fête est célébrée telle qu'elle le mérite ? Mais sans galette dorée comme celle-ci ! a-t-elle spécifié en sortant notre pâtisserie royale de sa boîte. Là-bas, ils préparent un *king cake* creux et couvert de sucre vert, violet et jaune. Ça fait bizarre.

– À propos de Louisiane, l'a interrompue Antoine, maman m'a souvent répété qu'elle ne comprenait pas comment notre famille pouvait se vanter de ses origines françaises alors que c'est par l'entremise de notre ancêtre, et à la demande de Napoléon, que cet État a été vendu par la France aux Américains... Et elle pense qu'avoir cédé ce territoire immense pour quinze millions de dollars seulement est la pire affaire de ces derniers siècles.

– Ta femme est folle ! s'est indignée Dee Dee en tournant la tête vers moi. Elle ne sait plus quoi faire pour nuire à notre réputation et se croit plus intelligente que Napoléon !

– Laisse tomber, ai-je intimé à ma sœur en souriant. Ginger aime plaisanter. N'oublie pas qu'elle est une DuPont, aussi.

– Plus pour longtemps, a marmonné mon fils, ce qui m'a fait dresser l'oreille et a enclenché une petite alarme en moi.

– Allons bavarder dehors en attendant le déjeuner, lui ai-je proposé, soudain inquiet.

Nous sommes sortis sur le ponton fraîchement peint, abandonnant derrière nous une Dee Dee dévorée par la curiosité.

– Qu'est-ce qu'il y a ? ai-je pressé Antoine avec anxiété, une fois loin des oreilles de ma sœur.

– La… euh… crise de maman va être plus longue que prévu.

– Comment peux-tu mesurer un truc pareil ?

– As-tu aperçu le nouveau voisin qui s'est installé depuis quelques mois ? Dans la maison d'à côté, où il y a tout à faire.

– Grand et maigre, avec une tête à claques ?

– Tout à fait !

– Il vous cause des problèmes ?

– On peut dire ça, parce que la crise de maman, c'est lui. Depuis que tu as quitté la maison, il ne décolle pas de chez nous.

– Je ne suis parti que depuis six jours !

– Avant, ils allaient courir ensemble sur la plage.

– Ce n'est pas vrai ! me suis-je exclamé, le visage soudain blême. Je n'aurais jamais pensé que… Oh, merde !

– Désolé, papa, mais il fallait que je te le dise pour que tu saches que ton séjour à Long Beach va un peu durer.

– Tu es au courant depuis quand ?

– Depuis ce jour d'octobre où notre voiture est tombée en panne et que maman a prié ce voisin de m'emmener à l'école sur sa moto, alors que tu es bien placé pour savoir que depuis que je parle, il y a deux questions qui me sont interdites à la maison : est-ce que je peux monter à moto ? Est-ce que je peux monter à moto ou en voiture, en bateau, en ballon, à bicyclette, à patins… avec un étranger ?

– Tu ne me l'as jamais raconté !

– Je n'en étais pas sûr du tout. Et puis, pour quoi faire ? On ne peut jamais empêcher un fruit de mûrir.

– Si ! En coupant l'arbre qui le porte, ai-je lâché dans un soupir amer.

– Ta sérénité n'est pas compatible avec ce genre de réflexion.

– Comment j'ai fait pour avoir un fils de dix-sept ans aussi sage ?

– Vous avez fini vos messes basses, tous les deux ? Le repas va être fichu ! a soudain crié Dee Dee en passant la tête par la baie vitrée.

La nouvelle que je venais d'apprendre m'avait estomaqué. Pour couronner le tout, ma sœur boudait parce que nous avions laissé refroidir son hachis et parce qu'elle avait senti qu'on lui cachait quelque chose ; et personne n'a trouvé dans sa part de galette l'amande en chocolat qui donnait droit à la fève en porcelaine.

J'avais vécu des Épiphanies plus réussies que ça.

– On fait quoi de la couronne ? s'est énervée Dee Dee.

– On la met sur la tête de papa, a proposé mon fils qui voulait me changer les idées.

– Mais il n'a pas eu la fève, et ça sera une royauté de pacotille.

– Ça l'est déjà, ai-je soupiré.

– Vous n'avez plus le sens du sacré ! s'est fâchée ma sœur en sortant de table.

Antoine et moi sommes restés face à face, plongés dans un silence aussi triste que méditatif.

– *Il* a quel âge ? ai-je fini par demander d'une voix morne.

– Dans les trente ans, mais essaye de ne pas y penser.

Facile à dire… Une fois seul, je suis retourné me poster sur le ponton pour ne penser qu'à ça ! Cela faisait seulement six jours que j'avais quitté la maison, mais j'avais l'impression d'avoir échoué à Long Beach depuis plus longtemps que le *Queen Mary* qui flottait en face de moi et semblait très satisfait de sa seconde vie. Je me surprenais à envier un navire. Les mains dans les poches, j'arpentais le bois repeint du ponton que je fixais sans vraiment le voir, retranché dans mes pensées, un frisson me parcourant l'échine. Je n'aurais su dire si c'était dû à la fraîcheur hivernale ou à l'atmosphère refroidie par l'annonce fracassante d'Antoine.

Maintenant qu'il m'avait parlé de l'infidélité de Ginger, plusieurs changements récents dans son comportement me revinrent à l'esprit. D'abord, elle avait remplacé ses petits déjeuners invariablement composés de toasts beurrés et de café à la cannelle par des Kellogg's Frosties et du lait à la banane. Elle s'était ensuite offert une robe rose bonbon alors qu'elle n'avait jamais porté que du beige rosé, du blanc cassé, du vert amande ou du jaune paille. Elle s'était acheté plusieurs romans chez Book Soup alors qu'elle n'aimait lire que les magazines. Enfin, elle s'était mise à courir tous les jours sur la plage alors qu'habituellement, elle détestait bouger, même pour promener le chien.

J'avais été aussi surpris qu'attendri par ces changements, que j'attribuais à une mini crise de la quarantaine, et pour apporter ma contribution de mari compréhensif, j'avais augmenté la dose de compliments que je lui faisais généralement sur sa silhouette et ses cheveux. Mais j'avais tout faux ! En fait, elle essayait de se mettre au diapason d'un jeunot... Je la plaignais presque. Et je trouvais ce type carrément nul. Sa maison aussi. Ce qui voulait dire qu'elle allait me regretter très tôt ! Mais il pouvait avoir des talents cachés, et dans ces conditions, ça durerait un peu plus longtemps avec lui. Ou beaucoup plus longtemps si c'était un angoissé qui avait besoin d'être materné. Je devrais peut-être tenter de la raisonner pour sauver mon mariage, ou bien la sommer de déménager chez cet énergumène avant de réclamer le divorce et de vendre la maison. Mais dans ce cas, Antoine devrait venir s'installer chez moi, et pour lui faire de la place, il me faudrait récupérer mon bureau de Venice, avec le risque de croiser quotidiennement Ginger flanquée de ce con-là. Et merde ! Ma tête et mon cœur se livraient un combat avec rage, dans un mélange d'amertume, d'impuissance et de tristesse, quand Dee Dee surgit devant moi avec deux tasses de café qui fumait tel un calumet de la paix.

– Qu'est-ce que tu as à gesticuler et à marmonner tout seul ? s'est-elle inquiétée. Et où est passé mon neveu ?

– Parti.

– Alors, dis-moi ce qu'il t'a raconté d'assez important pour laisser refroidir mon repas. J'étais tellement furieuse que j'ai fini seule le reste de la galette, et sans tomber sur cette fichue amande en chocolat. Quelle fumisterie ! Tu peux donc garder la couronne, parce que dans ce cas, il n'y a plus tricherie, mais simple consensus puisque je suis d'accord.

– Je m'en fiche.

– Quand nous étions petits, tu aurais fait n'importe quoi pour que je te donne la mienne.

– J'ai quarante-trois ans, Dee Dee.

– C'est pas beaucoup, et tu restes mon petit frère.

– Pour certaines personnes, c'est beaucoup.

– Pas si on te compare à ta femme, en tout cas ! Tu as toujours l'allure d'un jeune premier, malgré ton léger embonpoint, alors que sur les photos postées sur son Facebook, elle a des pattes d'oie bien visibles, au moins deux ridules sur sa lèvre supérieure, et même un relâchement de la peau du menton.

– Je sais que tu n'as jamais apprécié Ginger, mais tu pourrais quand même faire semblant de compatir. Après tout, le mariage de ton unique frère risque d'être brisé. Je n'ai pas l'impression que tu le réalises.

– Ce que je ne réalise pas, c'est comment ce fichu mariage a pu durer aussi longtemps ! Je lui avais donné quarante-huit heures. Il faut dire que tu es d'une bonté sans faille et que tu as une patience d'ange. Elle en a bien profité ! Mais maintenant que tu as fait ton temps, je suppose qu'elle en a choisi un autre plus frais.

– Tu as tout faux et aucune expérience en matière de relations humaines, en général, et en matière de liens conjugaux, en particulier ! lui ai-je répondu sèchement, furieux qu'elle ait visé juste. Maman t'appelait son souriceau parce que tu te cachais entre les vêtements pendus au porte-chapeaux de sa chambre chaque fois que tu entendais la sonnette de l'entrée, et parce que tu ne décrochais jamais le téléphone, même lorsqu'il n'y avait personne chez nous et que ce coup de fil aurait pu être de la police pour avertir que l'un de nous avait eu un accident. Tu n'as jamais eu de meilleure amie et tu n'aimais que la compagnie des livres parce que tu disais t'exercer pour devenir écrivain, ce qui te permettrait, dans l'avenir, de travailler seule à la maison toute ta vie. Et c'est ce que tu es devenue ! Mais en choisissant de t'installer au fin fond du Colorado pour écrire, dans un coin où, contrairement à nos grands-parents, tu ne connaissais personne, et en abandonnant notre maison de Venice, qui est dix fois plus confortable. Je ne dis pas ça pour te fâcher, mais pour te rappeler que tu n'es pas habilitée à jouer les thérapeutes. Alors, évite de disséquer le comportement de Ginger à ta guise.

– Je fais acte de contrition ! Que ta majesté éclaire donc ma lanterne !

– Eh bien, les gens peuvent se marier pour certaines raisons et se séparer pour ces mêmes raisons. C'est ce qui nous est arrivé.

– C'est con.

– Je ne te le fais pas dire.

– Ce qui est con, c'est ma lanterne. Elle ne s'éclaire pas du tout.

– C'est pourtant simple. Au bout de dix-huit ans de mariage peuvent survenir certaines… euh… allergies. Des petites choses qu'on trouvait attendrissantes par le passé et qui finissent par hérisser. Et on a beau se raisonner, on n'y peut rien ! Ça devient épidermique. Dans ces cas-là, il vaut mieux se séparer parce qu'il est difficile de réparer ce qui n'est pas détraqué, juste obsolète.

– Si cet obscur baratin a pour but de m'expliquer pourquoi tu ne supportes plus ta femme, il est inutile, parce que moi, je la déteste.

– En fait, c'est elle qui ne me supporte plus.

– Toi ? Elle est cinglée ! Et puis-je savoir en quoi tu ne plais plus à Son Altesse ? Donne-moi un seul exemple !

– Eh bien, le fait de fourrer des mots français dans la plupart de mes phrases la met en boule. Avant, elle trouvait ça exotique, mais maintenant, ça l'horripile. J'ai essayé de faire des efforts pour m'en abstenir, mais…

– Notre nom est *DuPont* que je sache ! Ce n'est pas comme si elle en ignorait les origines !

– Et elle ne supporte plus mon « verbiage de publicitaire », comme elle l'appelle. Il faut dire que quand on cite devant moi le nom d'un produit, je ne peux pas m'empêcher de rappeler immédiatement le slogan qui va avec. Par exemple, à la table du petit déjeuner, et chaque fois qu'elle me demandait de lui passer la bouteille de Minute Maid, je lui chantonnais : « Never fake, always a bake, Minute Maid's your perfect shake. » Autrefois, ça la faisait rire, mais aujourd'hui, ça lui ôte l'envie de boire. Même chose pour toutes les autres marques, tous produits confondus. J'ai tenté de me contrôler, mais elle a dit que c'était inutile parce qu'elle avait fini par retenir tous ces slogans et qu'elle les entendait dans sa tête rien qu'à me regarder.

– Tu as toujours eu une âme de publicitaire, et les bénéfices matériels générés par cette âme ne l'ont jamais perturbée !

– Il y a aussi cette phrase qui sort toute seule de ma bouche quand on m'apprend une mauvaise nouvelle. Elle appelle ça : ma signature.

– Ce « Ça va s'arranger ! » que tu colles sur tout comme un sparadrap depuis tes treize ans ?

– Oui. On ne change pas de signature facilement.

– Bon ! Là, je ne peux pas vraiment lui donner tort... Je me rappelle que quand le fils des voisins a laissé s'échapper tous les oiseaux de notre volière et que tu as dit à papa que *ça allait s'arranger*, il t'a puni pour la première fois de sa vie. Et le jour où grand-mère est morte et où tu as assuré à maman en larmes que *ça allait s'arranger*, c'est moi qui te suis tombée dessus. Ce n'est pas qu'on dépréciait tes élans de compassion, mais il y a des situations où il faut savoir se taire, du moins, trente secondes après le drame.

– L'arrivée d'un malheur, quel que soit son degré, m'a toujours désorienté. Et c'est ma manière d'atténuer l'impact des chocs.

– Eh bien, c'est l'occasion de te dire que ton rôle d'amortisseur n'a jamais marché.

– Le sujet est clos ! On se commande des pizzas au saumon pour compenser le fiasco du déjeuner ?

– Pas avant que tu m'avoues pourquoi Ginger Owl veut te quitter. La vraie raison ! Celle qu'Antoine t'a révélée aujourd'hui. Vous vous êtes peut-être isolés pour parler, mais j'ai vu la tête que tu faisais après.

– Elle a des sentiments pour notre nouveau voisin, ai-je soupiré.

– Elle considère donc que tu as fait ton temps… Ha ! Exactement ce que j'avais deviné ! Si tu avais commencé par ça, nous aurions pu nous faire livrer nos pizzas plus tôt.

Nous nous sommes finalement retirés dans nos chambres respectives pour tenter de nous plonger dans des lectures réparatrices et n'avons mangé nos pizzas que le soir, devant un énième épisode de *Ghost Whisperer* : série où Jennifer Love Hewitt, qui joue le rôle de Melinda Gordon, gère une boutique d'antiquités à New York tout en communiquant allègrement avec des personnes défuntes.

– Je vais aller dormir parce qu'il est temps que cette journée se termine ! ai-je fini par annoncer à Dee Dee en vidant mon troisième verre de whisky, laissant Melinda se débattre avec une famille entière de fantômes qui voulaient faire passer un message à je ne sais quel malheureux parent encore de ce monde.

– Bonne nuit ! Et essaye de ne pas penser à ce que t'a appris ton fils, aujourd'hui, a marmonné Dee Dee sans détacher ses yeux de l'écran.

J'ai quitté mon fauteuil pour aller ne penser qu'à ça, et aussi pour baisser le store de la baie vitrée. Au loin, le *Queen Mary* brillait encore de tous ses feux, mais en reportant mon regard sur le ponton, j'ai vu une tête dépasser de l'une des deux chaises posées face à l'océan.

– Il y a quelqu'un assis dehors, ai-je énoncé calmement.

– Où, dehors ? a demandé Dee Dee.

– Sur le ponton.

– Impossible ! Personne ne peut y avoir accès de l'extérieur.

– Sauf par la mer.

– Il y a un canot ?

– Non.

– Alors ton état d'esprit te brouille la vue. File te reposer.

– Je te jure qu'il y a quelqu'un. Viens voir !

Elle s'est levée en soupirant et je lui ai donné le temps de scruter l'obscurité.

– Le ponton est aussi vide que ce verre de whisky auquel tu t'agrippes encore, m'a-t-elle certifié en me l'arrachant des mains. Tu as trop bu et les histoires de fantômes ne te réussissent pas. Va dormir !

4

Cela faisait plus d'une semaine que Dee Dee s'était installée chez moi sans rouvrir le sujet de sa maison brûlée. Mais je la connaissais assez pour deviner que ce black-out volontaire lui permettait seulement de reprendre assez de forces pour pouvoir disséquer consciencieusement chaque raison de se lamenter, et que le moment venu, c'est moi qui lui servirais de punching-ball. Bien qu'en ce début d'année, j'avais davantage l'utilité d'un ballon crevé.

Ce matin, alors que je la surprenais en train de fixer sa tasse de café d'un regard vitreux avec force grands soupirs, j'ai eu la nette impression que notre période de rémission était terminée.

– Nous sommes le 11 janvier ! a-t-elle déploré. *Onze* jours que je vis chez toi comme une réfugiée alors que j'étais reine dans ma maison.

– Je te rappelle que je partage ton statut de réfugié, parce que moi aussi, j'étais roi dans ma maison.

– Toi, tu peux rentrer quand tu veux ! Ce n'est que ta bonté, ou plutôt ta bêtise qui t'a fait quitter Venice. C'était à *elle* de s'en aller. Mais moi, je ne peux rentrer nulle part parce que ma vie est en cendres.

– Tu t'en es sortie indemne alors que cet incendie a fait des victimes.

– Le grand avantage d'être une victime, c'est de ne plus être là pour constater les dégâts.

– Dee Dee ! me suis-je offusqué.

– Quoi, « Dee Dee » ? J'ai perdu la demeure de nos grands-parents, les meubles qui m'ont servi de compagnons pendant plus de quinze ans, mes livres, mes vêtements, mes souvenirs et les bijoux de maman. Il ne me reste que mes trois chats.

– Où sont-ils ?

– Chez Timothy Pains, un voisin qui a accepté de les recueillir provisoirement et qui s'occupe de la correspondance avec mon assurance. Il m'a aussi promis de fouiller les cendres de la maison jusqu'à trouver un objet intact que je pourrais garder en souvenir. Mais je n'ai pas confiance en lui pour les chats.

– Ça m'a pourtant l'air d'être quelqu'un de bien.

– Tout le monde est bien, après un drame. On appelle ça l'esprit de solidarité. Un esprit qui dure généralement entre quarante-huit et soixante-douze heures. Ça durera un peu plus avec toi parce que tu es mon frère, mais tu finiras par craquer.

– Mes collaborateurs seront là à neuf heures et je voudrais me préparer un café, ai-je soupiré, sentant venir l'orage.

– Évidemment ! Le travail d'abord !

Jack et Jude sont arrivés avant neuf heures, pressés de voir notre nouvel espace de travail. C'était notre première réunion à Long Beach, et j'avais fait de mon mieux pour transformer une des chambres en bureau afin de poursuivre nos activités depuis ici. Je m'en voulais de ce changement de situation qui nous avait bousillé les premiers jours ouvrables de l'année, mais nous avions décidé de mettre les bouchées doubles dès aujourd'hui.

– C'est super, ici ! s'est exclamé Jude en déposant ses dossiers sur notre table de travail que j'avais rapportée de Venice.

– Mais c'est petit, non ? ai-je demandé.

– On s'en fiche ! C'est à deux pas de chez moi.

– C'est vrai qu'on s'en fiche ! a repris Jack. On ne reçoit jamais de clients au bureau, de toute façon, et c'est aussi à deux pas de chez moi. Ne plus avoir à traverser Los Angeles tous les jours va me rendre dix fois plus efficace.

– J'ai l'impression de vous avoir rendu service autant qu'à ma femme, ai-je constaté dans une moue de dépit.

– On voulait te montrer le côté positif des choses, mais ça ne doit pas être évident pour toi… Désolés, vieux ! Tu t'en sors comment, tout seul ?

– Il n'est pas tout seul et s'en sort grâce à moi, a rétorqué Dee Dee, qui est subitement apparue avec trois mugs de café sur un plateau qu'elle a déposé devant nous en affichant un air triomphant avant de quitter la pièce.

Mes collaborateurs se sont figés et regardés, interdits.

– Tu t'es déjà remis avec quelqu'un ? s'est étonné Jack en plissant les yeux.

– Bien sûr que non ! C'est ma sœur.

Nous avons travaillé huit heures d'affilée, seulement interrompus par Dee Dee qui nous a apporté des limonades à onze heures, des sandwiches à treize heures et des donuts à l'heure du goûter, nous donnant l'impression d'être des écoliers confinés dans leur chambre pour réviser à la veille d'un examen. En fait, le challenge auquel notre petite agence s'attaquait avait tout d'un examen...

Nous avions eu la chance, en décembre dernier, d'obtenir le budget de lancement d'un chocolat né dans la Napa Valley, berceau des vins californiens : un chocolat fabriqué par un grand producteur de Zinfandel qui avait décidé de se démarquer de ses concurrents en lançant un nouveau produit. Quelque chose d'aussi bon que le vin, qui rappelle le vin, mais qui ne soit pas du vin. Une idée folle qui avait abouti à la naissance du Zinfandelice : une barre de chocolat fourrée de riz soufflé, de raisins secs imbibés de rhum et de cerises caramélisées au vin doux. Étonnamment, ce chocolat était rose, car issu de fèves de cacao naturellement roses et importées d'Amérique du Sud.

Une bonne quinzaine d'agences de publicité avaient présenté des projets, et notre sélection avait tenu du miracle parce que notre agence était une des plus petites de Californie. Mais elle était aussi une des plus coriaces (comme tout ce qui est petit) et s'appelait justement : Challenge ! Le jour où nous avions reçu la bonne nouvelle, Jack, Jude et moi étions partis nous saouler sur la plage de Venice toute la nuit. Ce budget à lui seul était suffisant pour couvrir tous nos frais et nous permettre de souffler.

Jack voulait s'offrir une nouvelle Cadillac, Jude rêvait de pouvoir déménager dans un appartement plus vaste, et moi j'avais envie de faire une croisière en Europe du Nord, en compagnie d'Antoine, qui en rêvait.

Maintenant, il fallait travailler !

Le client nous avait autorisés à taper fort et il nous restait à peine assez de temps pour être prêts. Notre première campagne d'affichage devait débuter très bientôt, suivie par le spot TV et les passages radio, et nous savions que les autres agences nous attendaient au tournant.

– Tu nous gâtes, ai-je complimenté ma sœur qui venait d'entrer dans le bureau, nous apportant, cette fois-ci, trois milk-shakes à la fraise.

– Je convoite le poste de fée du jour, s'est-elle rengorgée, mais je ne quitterai pas cette pièce avant d'avoir votre avis sur ce breuvage divin.

J'ai tout de suite trempé les lèvres dans mon milk shake pour lui faire plaisir, mais je lui ai trouvé un goût étrangement familier qui m'a fait froncer les sourcils.

– Étonnamment bon, hein ? J'en ai déjà bu deux verres.

– Qu'as-tu mis dedans ? me suis-je empressé de lui demander.

– Secret de fée que je vais te dévoiler quand même. Imagine-toi que j'ai déniché dans le buffet du salon un sac d'un marchand de vin contenant des trucs roses en forme de barres de chocolat. Des vieilleries comestibles probablement oubliées par la mère morte de ton copain, cette vieille Eileen qui habitait ici. Des trucs qui doivent dater de la guerre de Sécession… Ha ! Ha ! J'ai goûté avant de jeter, mais comme ça m'a semblé bizarrement bon, j'ai tout mis dans le shaker avec du lait, et voilà !

Jack et Jude se sont regardés, consternés. Dee Dee parlait du seul sac de Zinfandelice que notre client nous avait confié avec à l'intérieur une dizaine de barres de chocolat présentées dans des emballages différents et remis par le département création afin d'être soumis au vote d'un échantillon de consommateurs.

– C'est si bon que ça ? s'est étonnée ma sœur en me voyant prendre un air hébété.

– Où sont les emballages ? ai-je balbutié d'une voix que j'ai pourtant espérée normale.

– Où veux-tu qu'ils soient ? Déchirés et jetés, bien sûr. Le plus curieux est qu'aucun ne ressemblait à l'autre, mais avec le même produit dedans ! Peut-être pour une question de sucre, de traces de noisettes, de… Bref ! Tout pour nous faire acheter à l'aveugle.

Mes collaborateurs se sont caché les yeux avec les deux mains ; et moi, j'ai continué à boire mon milk shake, effaré et anéanti par la bévue de ma sœur.

***

Jude a pris sa voiture le soir même pour parcourir les quelque six cent quarante kilomètres qui nous séparaient des bureaux de notre client, situés au cœur de la Napa Valley, et avec pour consigne de mettre à profit son temps de trajet pour imaginer un prétexte justifiant la disparition simultanée de dix maquettes d'emballage.

– Comptes-tu commencer à réfléchir à un nouveau sujet de livre ? me suis-je enquis auprès de ma sœur, après le dîner.

– Est-ce une manière de t'assurer que je te fiche la paix à la suite du grand malheur qui s'est abattu sur ton agence à cause de moi ? Je te fais remarquer que j'ai trouvé ces satanées tablettes dans un tiroir perdu.

– C'était pour bien les cacher, mais oublie… Je voudrais vraiment savoir si tu as en tête l'histoire d'un prochain *Chikadee*.

– Tu t'attends à ce que je puisse me concentrer sur l'écriture alors que je viens de sortir d'un incendie ?

– Je suis bien en train de me concentrer sur une campagne publicitaire alors que je viens d'entrer dans un divorce.

– Ha ! La publicité est à la littérature ce que le grain d'orge est au grain de caviar.

– Et tes livres pour enfants sont à la lecture ce que la poupée Barbie est à Eleanor Roosevelt.

Dee Dee est partie bouder dans sa chambre, me laissant confus, à méditer sur les rapports frères-sœurs, et je me suis évidemment senti mal à l'aise. Il est vrai qu'elle avait toujours été usante (par nature), et que j'avais toujours été cool (par nature aussi), mais ma « coolitude » avait pris un sale coup ces derniers temps et aurait eu besoin d'un monte-charge pour se hisser à son ancien niveau. Je m'en voulais quand même de ma muflerie, d'autant plus que les livres de Dee Dee étaient vraiment bien… Je trouvais fort sympathique cette mésange nommée Chikadee et qui faisait travailler sa cervelle d'oiseau en commentant les faits et gestes de la famille Bluebird.

Me sentant aussi malheureux que coupable, mauvais frère et mauvais publicitaire, je me suis rendu à la cuisine pour préparer un chocolat chaud avec du Van Houten, « Le meilleur chocolat à consommer liquide », du lait d'amande Almond Breeze, « Sauvez une vache, trayez une amande », et des Lucky Charms, qui sont « Magiquement délicieux », avant d'aller taper à la porte de Dee Dee qui adorait cette boisson.

– Pas de chocolat chaud ! m'a-t-elle crié, devinant mes intentions.

– On dit qu'il ne faut jamais s'endormir en restant fâchés, ai-je plaidé.

– C'est applicable aux femmes mariées. Les sœurs font ce qu'elles veulent.

J'ai soupiré en pensant à *Brothers & Sisters*, cette série télévisée qui avait été la préférée de Ginger et où il y avait plus d'action que dans un film de guerre… L'actrice principale était d'ailleurs Sally Field, sosie de Dee Dee.

Dépité par la réaction de ma sœur, je suis sorti en sirotant un chocolat chaud qui n'était pas ma tasse de thé. Mais dehors, il y avait quelqu'un !

Un homme était assis sur une des chaises posées au bout du ponton. Il faisait nuit noire, et pourtant, le doute n'était plus permis puisque je n'avais pas bu d'alcool au dîner. Un frisson m'a parcouru l'échine, et cette fois, j'ai su que ce n'était pas dû à la météo.

Le cœur battant la chamade, je me suis approché de la silhouette en retenant mon souffle. J'étais soudain content et soulagé que ma sœur se soit enfermée dans sa chambre.

– Bonsoir, ai-je murmuré en arrivant à son niveau, parce que je ne savais pas quoi dire d'autre et parce que je sentais mon cerveau comme en apesanteur.

– Bonsoir ! a répondu l'homme, qui a levé les yeux sur moi en souriant.

Il devait avoir dans les trente ans, le visage poupin et les cheveux bouclés. Il était vêtu d'un pantalon en toile bleu marine et d'une chemise blanche sur laquelle était nouée une cravate bleu pétrole. Une tenue vieillotte, mais classique, qui rassurait sur ses intentions. En revanche, fait étrange, il portait aux pieds des pantoufles en velours côtelé.

– Asseyez-vous donc, m'a-t-il proposé sur un ton poli en m'indiquant la chaise posée à côté de la sienne, comme s'il me recevait dans son salon.

– Pourrais-je savoir par quel moyen vous vous êtes introduit ici ? ai-je répliqué tout en tentant de sortir de la léthargie qui s'était emparée de moi.

– Excusez-moi de ne pas m'être présenté ! Je m'appelle Cliff Cloud et j'aime bien venir me poser sur ce ponton.

J'ai froncé les sourcils, de plus en plus décontenancé.

– Cela vous dérange-t-il ? a-t-il repris d'une petite voix.

– Comment êtes-vous entré chez moi, monsieur Cloud ?

– Je viens d'en face, m'a-t-il spécifié en pointant le *Queen Mary* de son index.

– Du navire ?

– Oui. J'avais acheté un billet Southampton-New York.

Ma parole, j'étais en présence d'un aliéné mental ! Ce qui n'expliquait pas comment il était entré chez moi… J'ai reculé doucement pour me retirer dans mon séjour et appeler le 911, mais une fois posté derrière la porte-fenêtre avec mon téléphone en main, il n'y avait plus personne dehors.

***

J'ai passé cette nuit du 11 janvier à faire des allers-retours entre mon lit et toutes les surfaces vitrées de la maison pour m'assurer que le ponton restait désert. Dee Dee, qui se réveillait toujours aux aurores, m'a trouvé attablé à la cuisine à six heures du matin, songeur, les yeux rougis par le manque de sommeil.

– C'est de m'avoir fâchée qui t'a empêché de fermer l'œil de la nuit ? m'a-t-elle interrogé, surprise. Tu as l'air d'un déterré ! Si tu réagissais comme ça chaque fois que tu irritais ta femme, pas étonnant qu'elle t'ait mâché comme un morceau de guimauve… Moi, en revanche, j'apprécie de te voir bourré de remords à cause de ce que tu m'as dit hier, et je te pardonne.

– Merci.

– Tu as intérêt à repartir dormir une heure ou deux pour être en forme avant que tes collaborateurs arrivent.

– Jude ne revient avec les maquettes que ce soir, et Jack va rester tranquillement travailler chez lui.

– Et toi ?

J'ai haussé les épaules.

– Parfait ! Pour te faire pardonner encore plus, tu m'emmèneras à Santa Catalina Island, aujourd'hui. Ce n'est qu'à une heure d'ici et j'ai besoin de me changer les idées. Crois-tu que ce ferry à fond transparent qu'on avait pris pour aller là-bas avec papa et maman existe toujours ? J'avais adoré ! On louera une voiture de golf pour se promener et on mangera des fruits de mer. Tout ça m'a manqué, dans le Colorado. Au fait, savais-tu que Marilyn Monroe avait habité à Santa Catalina ? J'ai vu un reportage sur elle, hier matin, sur KTLA. Ça va ? Tu as mal à la tête ?

– Un peu, ai-je répondu alors que j'avais la main sur le front et les idées en compote.

– Alors, va dormir ! Il nous suffira de prendre le ferry vers midi pour arriver sur l'île à l'heure du déjeuner.

Nous avons finalement passé la journée entière à Santa Catalina, ce qui, contre toute attente, s'est révélé une bonne chose. Je n'avais plus bougé de Long Beach depuis mon départ de la maison, douze jours plus tôt, et le fait de prendre le large m'a procuré une déconnexion salutaire. Après avoir déjeuné à Avalon, seule municipalité de l'île, nous avons loué une voiture de golf pour sillonner la région avec l'espoir d'apercevoir un troupeau de bisons.

– J'avais oublié combien cet endroit était magnifique ! s'est exclamée Dee Dee alors que je faisais demi-tour pour rendre la voiture avant dix-sept heures.

– J'avoue que tu as eu une bonne idée.

– Qu'est-ce qui nous oblige à rentrer tout de suite ?

– Euh…

– Rien ! Et puisque nous sommes vendredi, restons ici jusqu'à dimanche. Cette maison de Long Beach commence à me déprimer, et pour cause ! Ton ami te l'a louée parce qu'elle appartenait à sa mère, récemment décédée ; elle a vue sur un navire à la retraite, donc mort lui aussi ; et elle est habitée par un divorcé à venir et la rescapée d'un incendie. De quoi couvrir d'ondes négatives un champ de mines.

– Grotesque !

J'ai pu trouver deux chambres de libres à l'Aurora Hôtel situé au cœur d'Avalon, qui était une ville pleine de charme. Dee Dee en a profité pour faire un peu de shopping puisqu'elle n'avait littéralement plus rien à se mettre depuis son départ précipité du Colorado. Et moi, je l'ai attendue, attablé dans un café en compagnie d'une chope de bière et obsédé par ce Cliff Cloud. Qui était-il et comment diable entrait-il chez nous ? Et puis, l'image incongrue de ses pantoufles ne me sortait pas de la tête… Je n'osais pas penser à la réaction de Dee Dee si elle l'avait vu aussi.

Nous avons repris le ferry dans l'après-midi du dimanche en direction du port de Long Beach et de son hôte permanent, l'énorme *Queen Mary*, dont la proximité immédiate m'a mis mal à l'aise pour la première fois.

5

Cela faisait deux semaines que ma sœur habitait chez moi, et comme prévu, le premier choc passé, elle en était à l'heure des bilans. Je la surprenais de plus en plus souvent avec le nez collé contre la baie vitrée du salon, le regard perdu dans le vague, et mon rôle de punching-ball devenait difficile à remplir. Elle s'éternisait aussi à la cuisine pour préparer toutes sortes de pâtisseries qu'elle nous servait au bureau avec l'humilité d'une parente âgée qui cherche à se faire accepter ; et c'est en larmes que je l'ai trouvée ce soir, figée devant la télévision, en train de suivre un millième épisode de *Ghost Whisperer*.

– Si tu aimes les vieilles séries, pourquoi ne pas choisir quelque chose de plus gai, comme *Madame est servie* ? lui ai-je suggéré. Je me rappelle que Tony et Angela vous faisaient beaucoup rire, maman et toi.

– Melinda est précisément en train d'établir le contact entre une maman défunte et sa fille…, a-t-elle lâché d'une voix enrouée en m'indiquant l'écran.

– Change-moi cette chaîne, bordel !

– Nous n'avons pas la même sensibilité. J'étais la plus attachée à nos parents, alors que c'est toi qu'ils ont toujours préféré. Sais-tu que j'en ai beaucoup souffert ?

– Ridicule ! Tu as toujours été la plus choyée de nous deux.

– Parce que, justement, ils se sentaient coupables de te préférer.

– D'où tires-tu ça ?

– De faits évidents qui me faisaient pleurer des nuits entières, mais qui étaient si bien camouflés que tu ne t'en apercevais même pas. C'est pour cela que je ne t'en ai jamais voulu ! Être préféré à sa sœur est une chance. Pas une faute.

– Mais enfin, Dee Dee ! J'ai toujours reçu moins d'argent de poche que toi alors que je sortais tout le temps, et toi, jamais.

– Seulement par principe, parce que j'étais l'aînée.

– Et c'est toi seule que papa a envoyée dans cette colonie de vacances super chère au bord du lac Tahoe, trois années de suite.

– Dans le seul but de me rendre plus sociable… Et il était bien content que ce soit *toi* qui restes à la maison.

– Parce que je l'aidais pour l'entretien des oiseaux… Et qui de nous deux a accompagné maman à Londres, chez tante Melvina ?

– Il a plu pendant les trois semaines que nous avons passées là-bas et je me suis ennuyée à mourir.

– Te rappelles-tu que je te laissais conduire ma bicyclette, porter mes t-shirts Looney Tunes, loger tes poupées sous ma tente Spiderman, choisir les sucettes à la framboise bleue de tous les sachets de Dum Dums qu'on m'offrait, et prendre dans la boîte de donuts que papa nous achetait chez Blue Star tous ceux qui étaient couverts de vermicelles multicolores ?

– C'est affreux.

– Non ! Non ! Je l'acceptais de bon cœur.

– Ce qui est affreux, c'est d'avoir retenu des détails pareils pour me les jeter à la figure trente ans plus tard.

– Je voulais juste te montrer que...

– Que tu as toujours été bon et que j'ai toujours été bête. J'ai compris ! s'est-elle écriée en saisissant la bouteille de vin posée sur la table avant de se lever, furieuse.

– Dee Dee...

– Fiche-moi la paix et va dormir ! Moi je vais me saouler sur le ponton.

– Pas sur le ponton ! ai-je paniqué.

– Et pourquoi ? Tu crois que je suis aussi assez folle pour me jeter à l'eau ?

– Ne dis plus de sottises et allons dîner, ai-je tranché pour qu'elle cesse son interrogatoire.

Je l'ai invitée chez Pancho's Mexican Food, sur Pacific Coast Highway, où nous avons commandé une montagne de nachos à la viande, noyés dans du cheddar fondu, couverts de guacamole, flambés aux piments et accompagnés de plusieurs verres de Shiraz.

– Tu te sens mieux ? ai-je demandé à ma sœur après la dernière gorgée de vin.

– Moralement, oui, mais pour le reste, je ne sais pas si je vais pouvoir me mettre debout.

Je m'en étais bien sorti pour cette fois, mais en reprenant le volant, j'ai pensé qu'il me faudrait trouver d'autres moyens pour empêcher Dee Dee de tomber sur un énergumène en pantoufles quand l'envie lui prendrait de se percher sur notre ponton la nuit. Il est vrai que ce Cliff Cloud n'était pas reparu depuis plusieurs soirs, mais il me fallait régler ce problème, et vite !

C'est au lendemain de cette soirée mémorable que mon fils Antoine est venu dîner à la maison, et qu'il a pu, par chance, convaincre sa tante de démarrer un nouveau livre.

– À quand le prochain *Chikadee* ? s'est-il intéressé en se resservant de la lasagne à la viande et au basilic, couverte d'une couche épaisse de crème aux trois fromages, qu'elle avait préparée exprès pour lui.

– Je n'ai pas la tête à ça, chéri.

– Fais un effort pour moi ! Je suis un fan de tes livres.

– C'est gentil, mais tu as passé l'âge.

– Tu crois ça ? Eh bien, moi, je sens que ta mésange fait partie de notre famille… D'abord, tu t'appelles Chikadee, comme elle ! Ensuite, toutes ses aventures me ramènent à mon enfance lorsque nous étions à peine arrivés chez toi et que tu te précipitais à la cuisine pour nous servir des lasagnes que tu es la seule à réussir comme ça. Et puis, tu montrais fièrement à papa un exemplaire de ton dernier *Chikadee* que tu me lisais le soir, assise au bord du lit à baldaquin : celui avec les rideaux mauves dans lequel tu me faisais coucher.

– Le lit de grand-mère… en cendres aussi…, a soupiré Dee Dee.

– Je croyais que les Bluebird étaient des amis à toi, et je te suppliais de m'emmener chez eux pour tenter d'apercevoir Chikadee qui se cachait dans leur jardin.

– Je te promettais qu'on leur rendrait visite le soir où la lune serait verte, et tu t'endormais en laissant les rideaux ouverts pour guetter le ciel, lui a rappelé sa tante en souriant.

– Parce que je rêvais aussi de faire la connaissance de Bianca, Berenice, Bastian, Brittany et Bill, les cinq enfants Bluebird. Mais surtout de Bill : le plus sensible, le plus intelligent et le seul à avoir deviné que Chikadee n'était pas un oiseau comme les autres.

– Il est temps de t'avouer que j'ai créé le merveilleux Bill en pensant justement à toi, chéri… Bill, c'est toi ! Alors que la douce Bianca, c'est ma grand-mère ; le bon et gros Bastian, c'est ton père ; Berenice la folle, c'est tante Melvina ; et la détestable Brittany, c'est ta mère.

Antoine et moi nous sommes jetés un coup d'œil consterné.

– Quant à madame et monsieur Bluebird, ce sont des originaux dont le défaut principal est de préférer leurs garçons à leurs filles, mais eux ne correspondent pas à des personnes réelles ! a ajouté Dee Dee, ce qui m'a fait rire.

– Alors, au nom de Bill, je te réclame une autre histoire, Tantine, a repris Antoine, à qui j'avais intimé d'insister auprès de sa tante pour la pousser à se remettre à écrire au plus tôt : une thérapie pour elle, une libération pour moi.

– Très bien ! J'avertirai mon éditeur que je suis prête.

Mission accomplie pour mon fils, que j'ai raccompagné à la maison, tard dans la soirée, et que Dee Dee n'a laissé partir qu'à contrecœur. Une fois en voiture, je lui ai exprimé toute ma gratitude :

– Tu m'as sauvé la vie en convainquant ta tante de se concentrer sur autre chose que sur moi. Qu'elle recommence à écrire serait une bénédiction !

– Pourquoi ne s'installe-t-elle pas dans ton bureau de Venice puisque c'était la maison de vos parents ?

– Et ne plus m'avoir sous la dent ? Tu rêves ! Quelles nouvelles de ta mère ?

– Elle est étonnée de ton silence.

– Étonnée ? Ce qu'elle m'a fait a de quoi rendre aphones les Chœurs de l'Armée rouge !

– *Ça va s'arranger*, papa.

– Là, tu me piques mon slogan.

– Eh bien, ton slogan, à force de nous le rabâcher, on a fini par y croire.

– Je dois donc être un bon publicitaire.

À mon grand soulagement, Dee Dee n'a pas tardé à commencer à cogiter sur un nouveau livre. Elle adorait Antoine et il avait toujours suffi qu'il lui demande quelque chose pour qu'elle s'y attelle aussitôt. Je me rappelle que lorsqu'il avait six ans et que nous nous étions rendus chez elle pour fêter Halloween, il lui avait réclamé une citrouille volante. Elle avait alors eu l'idée de se procurer une citrouille en plastique qui s'allumait de l'intérieur et qu'elle avait attachée à un long fil. Elle avait ensuite donné vingt dollars au fils des voisins pour qu'il se poste sur le toit pendant une partie de la soirée et fasse danser la citrouille lumineuse devant la fenêtre de la chambre où dormait mon fils.

– Bravo ! me suis-je exclamé ce matin en la voyant attablée à la cuisine devant un café au lait, un gros crayon à mine, un cahier à carreaux et quelques feuilles à dessin.

– Tous mes derniers *Chikadee* sont nés dans le Colorado, et la Californie ne m'inspire plus du tout… Mais j'ai promis à Antoine.

– Tu écris encore à la main ? me suis-je toutefois étonné.

– Comme John Irving. Nous rédigeons tous les deux notre texte sur la page blanche de gauche et gardons celle de droite pour nos notes. C'est la manière la plus intelligente de maîtriser son style et ses idées.

– Alors, je te laisse travailler, parce que Jude et Jack vont arriver.

– Vas-y ! Et ne t'en fais pas, je n'hésiterai pas à rompre le fil de mes idées pour m'occuper de vous, comme d'habitude.

– Tant que tu t'abstiendras de nous préparer des milk shakes roses, ça ira.

***

Ma nouvelle existence avait maintenant trouvé son rythme de croisière, et en attendant une confrontation avec Ginger pour régler ce qui, pour moi, relevait toujours de l'incompréhensible, je pouvais enfin compter sur un peu de paix.

Néanmoins, je n'avais encore parlé à personne de cet énergumène qui avait réussi à se faufiler chez moi. Et pour cause ! Cela aurait inquiété Antoine et affolé Dee Dee. Il fallait donc que je tire les choses au clair tout seul, comme je me l'étais promis. À moins que ce personnage ne donne plus jamais signe de vie... Ce que j'escomptais bien, d'autant plus qu'il ne s'était plus manifesté depuis cette fameuse nuit où nous avons échangé quelques mots. L'espoir a malheureusement été de courte durée, car ce soir, alors que j'étais posté devant la baie du salon, je l'ai aperçu. Bon Dieu !

Je me suis précipité pour saisir mon téléphone et contacter le 911, mais comme la dernière fois, le temps d'avoir un interlocuteur en ligne, l'homme s'était de nouveau volatilisé ! Déverrouillant la porte vitrée, je suis alors sorti sur mon ponton en marchant d'un pas décidé, me répétant que je n'étais ni saoul ni fou.

L'intrus était en réalité toujours là, tranquillement assis, habillé de la même tenue et chaussé des mêmes pantoufles. Je me suis figé et mon sang s'est glacé.

– Prenez place, Jay, je ne vais pas vous manger, a-t-il commencé en souriant.

– Comment connaissez-vous mon nom ? me suis-je étonné, le cœur battant la chamade.

– J'ai entendu Dee Dee vous appeler.

– Comment connaissez-vous le nom de ma sœur ?

– Je vous ai entendu l'appeler.

– Arrêtez de me faire tourner en bourrique, monsieur...

– Cliff Cloud, comme la dernière fois.

J'ai jeté un coup d'œil autour de moi, ne sachant pas quoi faire. Rentrer à la maison comme si de rien n'était n'avait pas de sens ; réveiller Dee Dee était inconcevable ; composer le 911 s'était avéré inutile.

– Appeler quelqu'un vous placera en mauvaise position, a-t-il repris, comme s'il lisait dans mes pensées.

– Et pourquoi donc ? ai-je demandé en fronçant mes sourcils, sur la défensive.

– Parce que vous êtes le seul à me voir.

– Ridicule ! Qui êtes-vous ?

– Je vous l'ai déjà dit, je suis votre voisin d'en face, a-t-il indiqué d'un geste agacé l'énorme silhouette du *Queen Mary* dans un soupir, produisant chez moi l'effet d'être un élève qui n'avait pas bonne mémoire.

– Monsieur Cloud, que vous soyez mon voisin ou non, vous êtes sur une propriété privée. Je vous prierai donc d'avoir l'obligeance de m'expliquer comment vous y êtes entré puis de sortir immédiatement de chez moi.

– Je ne suis entré nulle part ! Je me promenais simplement autour de mon navire pour me distraire un peu et changer d'ambiance, comme je le fais depuis plus de soixante-sept ans sans déranger personne. J'ai toujours été discret. Pour exemple, je ne me suis montré à la vieille dame qui habitait ici que durant les deux dernières années de sa vie, lorsqu'elle avait perdu la tête et que j'étais heureux de la divertir. Quand la mémoire s'en va, c'est l'âme qui prend toute la place, et on parle beaucoup plus librement. Eileen et moi, on s'entendait très bien.

– Vos histoires ne m'intéressent pas.

– Vous venez même de composer le 999.

– Le 911, ai-je corrigé en pâlissant.

– Désolé ! J'ai confondu avec le numéro d'urgence en Angleterre, dans les années cinquante, mais aucun de ces deux numéros ne peut plus me servir, de toute façon… Le téléphone m'est devenu inutile depuis très longtemps, ainsi que la voiture, d'ailleurs.

– Et pourquoi ?

– Parce que je suis mort en décembre 1955.

J'ai pâli un peu plus, certain maintenant que cet homme, échappé en pantoufles de je ne sais où, avait perdu l'esprit. Il n'avait pourtant pas l'air dangereux. Debout à ses côtés, sur ce bout de ponton, j'étais totalement désorienté. Que devais-je faire ? Revenir à l'intérieur et faire comme si je n'avais vu personne ? Rester ici et écouter ses élucubrations ? Appeler celui qui m'avait loué cette maison pour lui demander si sa mère, dans ses dernières années, avait évoqué un ami imaginaire ? Me confier à Jack et Jude ? Aucune solution ne me paraissait pertinente, je me sentais bloqué.

– Voulez-vous que je vous aide à comprendre ? a repris cet homme bizarre.

– Étant donné les circonstances, et puisque nous sommes en janvier 2022, j'apprécierais.

– Parfait ! Alors, installez-vous, a-t-il réitéré, parce que ça sera long et que je me tords le cou en tentant de vous regarder.

J'ai posé une fesse sur la chaise placée à côté de lui en me traitant à la fois de crédule, d'imprudent, de curieux et d'imbécile, mais tout en prenant garde à conserver une certaine contenance.

– Merci de me donner la chance de redevenir quelqu'un qu'on écoute, Jay, ça m'a beaucoup manqué.

Je l'ai inspecté en coin, intrigué par cette soudaine émotivité, et comme la première fois, je me suis senti plongé dans une sorte d'état second, oscillant entre une sensation de malaise et une autre, d'irréalité.

– Vous connaissez déjà mon nom, a-t-il énoncé d'une voix plus ferme.

– Si c'est le vrai...

– Pourquoi voulez-vous que je mente ? Je m'appelle Cliff Cloud, je suis né en 1923 à Saint-Martinville, en Louisiane, et j'ai trente-deux ans.

– ...

– Je suppose que je n'en parais pas plus, n'est-ce pas ?

J'ai fait non de la tête, parce qu'en effet, il ne semblait pas avoir quatre-vingt-dix-neuf ans, et je me suis de nouveau traité d'imbécile.

– En 1955, a-t-il enchaîné, je travaillais dans le département publicité du *Reader's Digest*, à Pleasantville, près de New York, et j'étais tombé amoureux d'une fille merveilleuse... Elle s'appelait Vera, avait vingt-six ans et donnait des cours de mathématiques au lycée. Nous étions devenus inséparables et avions projeté de nous marier l'année suivante, aussitôt une maison achetée. Je me considérais comme l'homme le plus chanceux de la terre, ayant conscience d'avoir enfin trouvé cette âme sœur que je cherchais depuis longtemps. En décembre de cette même année, ma tante maternelle, qui avait épousé un riche anglais, a eu la gentillesse de nous inviter à passer les fêtes de Noël dans sa maison de Hill Street, au cœur de Londres. Elle proposait de nous faire venir par bateau en nous réservant des places sur le *Queen Mary*, qui faisait la navette entre New York et Southampton. « Rien de plus romantique qu'une traversée sur un transatlantique… Je te prie de me laisser vous offrir ce voyage de noces avant les noces », avait-elle insisté au téléphone pour me pousser à accepter un cadeau que je jugeais trop généreux. Il est vrai que, dans mes lettres, j'avais beaucoup parlé de Vera à tante Flora, qui n'avait pas eu d'enfants et m'avait toujours un peu considéré comme son fils. La perspective de ces vacances qui promettaient d'être exceptionnelles m'avait rempli de joie, et l'enthousiasme de Vera, qui n'avait encore jamais voyagé, me faisait chaud au cœur. Oh, comme nous avions attendu ce départ avec impatience ! Mais…

– Je t'ai préparé une bonne soupe de petits pois ! a soudain crié Dee Dee d'une voix pointue. Ça fait un moment que tu es là, assis dans le froid, tu vas attraper un rhume !

Je me suis brusquement retourné pour découvrir ma sœur emmitouflée dans une robe de chambre, postée sur le seuil de la porte-fenêtre et portant un plateau sur lequel était posé un bol fumant.

– Merde ! ai-je aboyé, sous le coup de la frustration.

Elle a ouvert puis refermé la bouche avant de jeter avec rage le contenu du bol dans une plante et de rentrer en tirant violemment la porte. À mes côtés, la chaise était de nouveau vide.

6

« *Il n'y a que le présent. Mais il faut bien se rendre à l'évidence : le passé et le futur ont une étrange manière de le hanter.* »
François Hébert

– Comment as-tu osé me parler de cette façon ? m'a sermonné une Dee Dee toujours furieuse au lendemain de l'offrande, vertement refusée, de sa soupe aux petits pois.

– Désolé, lui ai-je répondu, penaud, mais soulagé parce que, de toute évidence, elle n'avait vu personne avec moi sur le ponton, un mystère que je comptais bien éclaircir plus tard.

– Je n'aurais *jamais* cru qu'un jour viendrait où mon frère s'adresserait à moi sur ce ton ! Un ton que tu aurais dû utiliser avec ta femme quand il en était encore temps.

– Vraiment désolé, ai-je répété dans un soupir de résignation.

– J'accepterai tes excuses à condition que tu m'expliques ce qui t'a pris.

– Je pensais à mon travail. Cette campagne pour le Zinfandelice me cause du souci et j'ai peur que nous manquions de temps.

– Menteur.

– Je t'assure !

– Il te reste quand même à te faire pardonner une réaction qui ne te ressemble en rien.

– Je vais tout faire pour, et je pense justement à ce milk shake rose que tu nous avais préparé avec…

– Prends garde à ne pas mettre ça au même niveau que ta muflerie d'hier ! Mon breuvage n'était qu'une étourderie bien intentionnée.

– Je ne t'en veux plus ! Au contraire ! Ton « étourderie » m'a donné une idée que je comptais soumettre à Jack et Jude, cette semaine. De quoi me faire pardonner par toi, et pour longtemps.

– Voyons ça ! m'a-t-elle encouragé, le regard néanmoins soupçonneux.

– Eh bien, cette mésaventure m'a paru rétrospectivement fort amusante, et j'ai pensé m'en inspirer pour créer un script original pour notre film publicitaire.

– Tu te moques de moi ?

– Pas du tout ! Je te demande de fermer les yeux et d'imaginer l'intérieur d'une agence de publicité. L'heure est tardive, mais on voit trois créatifs encore au travail, tentant de trouver des idées assez pertinentes pour vanter un nouveau chocolat qu'ils estiment extraordinaire à tous

points de vue. Surgit une femme de ménage qui s'étonne de les voir encore là et croit bien faire en se rendant à la cuisine pour leur préparer une boisson chaude. Elle y découvre des tablettes de Zinfandelice posées sur un sac portant le logo d'un producteur de vin et ose en goûter une. C'est si bon qu'elle fait fondre le reste et s'empresse de le servir aux publicitaires.
Plan de la femme qui annonce fièrement avoir concocté une boisson au goût vraiment exceptionnel en utilisant de drôles de tablettes roses.
Mines consternées des trois créatifs qui n'avaient en leur possession que ces précieux échantillons.
Fond musical : thème de *La Panthère rose.*
Voix off :
Quand un producteur de vin se met à fabriquer du chocolat, à quoi s'attendre ?
Quand un chocolat se met à devenir rose, à quoi s'attendre ?
Et quand on goûte un Zinfandelice, à quoi s'attendre ?
Gros plan du riz caramélisé, des raisins secs et des cerises fourrés dans le chocolat.
Voix off : *Avec Zinfandelice, on peut s'attendre à tout !*
Slogan : *Zinfandelice : Chocolat rose, chocolat fou. Avec lui, on peut s'attendre à tout !*

– Tu te moques de moi ! a répété Dee Dee qui avait croisé les bras et me regardait avec méfiance.

– Mais pas du tout ! Je vais en discuter sérieusement avec Jack et Jude, et si ça plaît au client, on y va ! Super, non ?

– Vous gagnerez donc de l'argent grâce à moi !

– Euh… on peut le voir comme ça.

– Et vous me ferez passer auprès de tout le monde pour une femme de ménage.

– Mais que vas-tu chercher là ? On parle d'un spot publicitaire de trente secondes auquel rien ne te rattache.

– Qui va jouer le rôle de cette servante ?

– C'est d'ordinaire le producteur qui propose, nous qui décidons, et le client qui approuve. Pourquoi ?

– Parce que je voudrais avoir mon mot à dire.

– En ta qualité de quoi ?

– De conseillère.

– C'est ridicule.

– Quoi que tu en dises, c'est mon image qui est en jeu, et cela me donne un droit de regard sur ce script.

– C'est encore plus ridicule ! Mais de toute façon, je ne suis pas le seul à décider, et il y a fort à parier que Jack et Jude vont rejeter l'idée.

En fait, mes collaborateurs ont adoré, et nous nous sommes affairés toute la semaine sur ce projet de film.

– Très originale, cette idée de nous montrer en train de travailler sur le lancement du Zinfandelice ! s'est enthousiasmé Jude. C'est une forme… euh… de publicité naturelle. Génial !

– Tout à fait d'accord, mais attention à la cible, a averti Jack. J'ai peur que le choix de la femme de ménage ne donne une image trop populaire du produit. N'oublions pas que le Zinfandelice est le chocolat de l'élite.

– On pourrait la remplacer par une secrétaire qui fait un saut au bureau pour récupérer un objet oublié et constate que nos trois créatifs sont encore en train de travailler alors qu'il fait déjà nuit, ai-je proposé. Elle a, à ce moment-là, l'idée de leur préparer une boisson chaude et tombe sur les tablettes de Zinfandelice qu'elle goûte sans se douter que ce sont les échantillons remis par un client pour prendre des photos.

– Une secrétaire sait ce qui se passe dans les bureaux et ne ferait jamais une gaffe pareille ! a protesté Jude.

– Ça peut être une nouvelle employée : une sorte de femme un peu bizarre et tête en l'air comme ta..., a suggéré Jack avant de s'interrompre et de fixer Jude qui a levé la tête au ciel, l'air de rien.

– Comme ma quoi ? leur ai-je demandé, soupçonneux.

– Euh... on vient de penser simultanément à la même chose, m'ont-ils avoué de concert, manifestement gênés.

– Au fond, c'est ta sœur qui est à l'origine de cette idée de génie, m'a rappelé Jude en reprenant une contenance.

– On peut le voir comme ça, bien qu'au départ, c'était moins une idée de génie qu'une catastrophe qui t'a fait parcourir six cent quarante kilomètres pour remplacer nos échantillons.

– C'est oublié ! Mais en parlant de ta sœur, sa ressemblance avec Sally Field est vraiment étonnante.

– Et alors ?

– Alors, on pourra la proposer au producteur pour jouer le rôle de la femme de mén...

– De la secrétaire ! a corrigé Jack.

– Vous êtes fous ? Dee Dee est plus introvertie qu'un hamster caché sous des brins de paille dans une cage fermée.

Elle refuse même d'assurer des séances de signatures pour ses livres.

– Justement ! Ça sera peut-être pour elle l'occasion de…

– Ridicule ! ai-je explosé.

– Avez-vous besoin de quelque chose ? a interrompu Dee Dee en entrouvrant la porte du bureau, attirée par nos éclats de voix.

– On discutait de notre script, lui a expliqué Jack.

– Celui de la femme de ménage ?

– Nous venons précisément de remplacer cette femme-là par une secrétaire consciencieuse et avisée, l'a informée Jude.

– Beaucoup mieux !

– Une personne douce et maternelle, genre Sally Field, a-t-il ajouté, espiègle.

– À Louisville, les rares fois où il m'arrivait de sortir marcher, on m'appelait Mini Walker à cause de ma ressemblance avec Sally Field, qui joue le rôle de Nora Walker : la maman dans *Brothers & Sisters*. Une série formidable. Vous connaissez ?

– Ma première femme avait adoré ! a approuvé Jack.

– Oui, oui, ce n'est pas très récent. Il faut dire que Sally Field n'est plus de première jeunesse non plus…

– Contrairement à vous ! est intervenu Jude.

– C'est gentil, mais n'exagérons rien.

– On vous verrait même bien à l'écran, a renchéri Jack.

– Moi, dans un film ? Ha ! Ha !

– Pourquoi pas ? Vous êtes une artiste après tout, et les artistes sont polyvalents. Mais bon ! Je ne vous cache pas que le choix de la secrétaire va être un casse-tête et si on se plante avec ça, l'idée que vous nous avez inspirée sera fichue. Quel dommage !

– Si ça peut vous aider, je pourrais jouer le rôle de cette secrétaire… Trente secondes, ça passe comme l'éclair.

– Ce serait formidable, mais oubliez ! Jay n'appréciera pas de vous voir mêlée à ça, a tranché Jude en coulant un regard en coin vers moi.

– C'est *moi* qui décide.

– N'importe quoi ! me suis-je exclamé après être resté en retrait et avoir observé les manigances de mes collègues.

– Et je décide que oui, a insisté ma sœur, le visage déterminé et un brin exaspéré.

– Tu ne sais pas ce que tu dis ! Trente secondes de publicité, c'est deux jours de tournage esquintants, un studio bruyant, un directeur exigeant, une équipe survoltée, du remue-ménage… Tout ce que tu détestes ! Un concentré de ce que tu as toujours fui. Papa t'avait même surnommée « hamster wheel ».

– Alors que toi, tu étais « falcon crest ». J'ai toujours trouvé cela injuste.

– C'était innocent.

– Pas du tout, et personne d'autre que moi ne jouera le rôle de cette secrétaire ! Ma décision est irrévocable.

Nous avons présenté Dee Dee à la maison de production, qui l'a estimée formidable et a voulu lui faire signer un contrat d'exclusivité pour d'autres spots. Un des producteurs lui a même proposé de rencontrer la vraie Sally Field, qui résidait justement à Los Angeles.

Nous nous sommes ensuite rendus à la Napa Valley, où notre client a été tellement séduit par la perspective de disposer du sosie d'une célèbre actrice pour son film de chocolat qu'il nous a immédiatement donné son feu vert pour le script. Sur le chemin du retour, mes collaborateurs exultaient, et moi, je paniquais à l'idée de voir ma sœur changer d'avis à la veille du tournage, ce qui nous mettrait tous dans de beaux draps ! Si mon père la surnommait « roue de hamster », c'est parce que, précisément, tout en étant asociale comme un hamster, elle était instable comme une roue.

– Pourquoi diable as-tu accepté de tourner dans cette publicité ? lui ai-je demandé deux jours plus tard, le ventre de plus en plus noué à mesure que l'on approchait de la date fatidique.

– Ça va me changer les idées. Pourquoi tu n'es pas content ?

– Je suis seulement stupéfait. C'est bien toi qui grimpais au grenier chaque fois que papa voulait prendre une photo de famille !

– Là, c'est autre chose.

– Comment ça ?

– En fait, il y a quelques semaines, je suis tombée sur des photos récentes de Sally Field, qui vient d'avoir soixante-quinze ans, et vu notre ressemblance, je me suis imaginée à cet âge-là. Un choc qui m'a fait ressentir le besoin d'immortaliser le look que j'ai toujours, celui de la Chikadee que reconnaîtraient nos parents s'ils revenaient à la vie. Cette publicité va me servir à ça. Je suis plus âgée que toi, Jay, et cet incendie m'a aussi montré qu'en fin de compte, on ne peut rien préserver, même pas soi-même... Te rappelles-tu l'Alzheimer de tante Lisa ?

C'était la première fois que je décelais une certaine vulnérabilité chez Dee Dee, et ce qu'elle venait de me confier m'a déstabilisé et affligé en même temps. J'ai toujours été très attaché à elle, malgré son caractère farfelu et son asociabilité chronique, et en dépit de nos disputes continuelles, elle restait ma grande sœur, alors la savoir angoissée me peinait bien plus que je ne pourrais jamais le lui avouer... N'empêche que je n'arrivais quand même pas à faire le lien entre son âge à elle, celui de Sally Field, la pub du Zinfandelice et l'Alzheimer de tante Lisa.

***

L'agitation de la semaine qui venait de s'écouler ne m'avait pas fait oublier mon fantôme du ponton qui hantait constamment mes pensées, et je passais mes soirées à le guetter en quittant mon livre et mon fauteuil à intervalles réguliers pour aller jeter un coup d'œil à l'extérieur. Bizarrement, j'étais à la fois soulagé et déçu quand je ne voyais personne. Je ne comprenais pas cette ambivalence dans mes sentiments, et en même temps que sa présence et ses allégations me donnaient la chair de poule, j'éprouvais la frustration de ne pas connaître le fin mot de toute cette histoire abracadabrantesque.

Et puis, aujourd'hui, quelques jours après sa dernière visite, ce Cliff Cloud était de nouveau là ! Il était dix heures du soir, nous avions déjà soupé, et je me suis faufilé dehors en douce, prétendant à Dee Dee, plongée dans sa série télévisée, que je me retirais pour dormir.

– Tiens, vous voilà ! s'est-il exclamé quand il m'a vu apparaître à ses côtés.

– *J'habite* ici.

– Moi aussi. De temps en temps.

Sa réponse m'a agacé, mais je suis resté serein : un état que, vu les circonstances, je n'arrivais toujours pas à m'expliquer.

– J'espère que vous avez déjà pris votre soupe, a-t-il poursuivi en souriant.

– Comment se fait-il que ma sœur ne vous voie pas ?

– Vous le saurez lorsque j'aurai fini mon histoire. J'en étais où ?

– Là où votre tante vous avait invité, ainsi que votre fiancée, à passer des vacances de Noël à Londres.

– Ah oui ! Et Vera, qui n'avait encore jamais quitté Pleasantville, sauf pour aller à Manhattan, était folle de joie, d'autant plus que tante Flora nous offrait aussi de voyager sur le prestigieux *Queen Mary*, lequel, avec le non moins prestigieux *Queen Elizabeth*, assurait les traversées transatlantiques depuis la fin de la guerre. Mais trois jours avant notre départ, le père de Vera a été percuté par une voiture et a dû être hospitalisé. Il n'était plus question pour elle de se déplacer ! J'ai voulu tout annuler, mais elle ne m'a pas laissé faire. « Pense à tout ce que tu auras à me raconter à ton retour ! Et puis, je serai avec toi en esprit et en imagination… », a-t-elle fini de me persuader de partir. Je me suis donc rendu au port de New York le cœur bien lourd, et j'ai embarqué seul sur le *Queen Mary*. La splendeur du paquebot ainsi que la douceur de la traversée n'ont fait qu'ajouter à mon amertume, parce que je ne pouvais rien partager avec la femme que j'aimais, et parce que je supposais qu'une occasion pareille ne nous serait pas donnée une seconde fois. Nous avons fait escale à Cherbourg le 21 décembre, et l'arrivée à Southampton a été impressionnante à cause de la nuée de photographes qui nous guettaient après avoir appris que Joan Crawford était à bord. Cela m'avait encore plus frustré, car c'était l'actrice préférée de Vera, qui aurait adoré la rencontrer.

– Pour cela, il aurait fallu voyager en première.

– Ce qui était le cas, parce que ma tante, très à l'aise financièrement, avait aussi tenu à nous offrir une cabine de première.

– Ah !

– Pendant la traversée, j'avais fait la connaissance de quelques personnes sympathiques qui se rendaient à Londres, comme moi, et qui m'ont spontanément proposé de les accompagner. Nous avons donc quitté Southampton ensemble à bord de la Land Rover bleue avec chauffeur qui les attendait. Mon séjour anglais commençait sous les meilleurs auspices, et c'est dans la splendide maison de tante Flora, située sur Hill Street, que j'ai passé les plus belles vacances de ma vie, regrettant seulement l'absence de Vera. J'étais jeune, en bonne santé, et follement amoureux. Qui aurait cru qu'en fait, je venais de fêter mon dernier Noël ?

– Noël 1955 ?

– C'est ça.

Je me suis tortillé sur mon siège, mal à l'aise.

– Laissez-moi finir et vous comprendrez, m'a-t-il intimé en soupirant, la tristesse se lisant sur son visage.

– J'en doute, mais au point où j'en suis, vous pouvez continuer.

– C'est le 28 décembre que j'ai repris le chemin du retour, chargé de cadeaux grâce à la générosité de ma tante. Et c'est d'un cœur léger que je suis remonté à bord du *Queen Mary*, bien décidé, cette fois-ci, à profiter de la traversée. Mais…

Mon cellulaire s'est soudain mis à vibrer dans ma poche, rompant littéralement le charme. Frustré, j'ai aussitôt tendu ma main pour l'éteindre, mais cette seconde d'inattention avait suffi à Cliff Cloud pour s'éclipser aussi subitement que d'habitude.

Retiré dans ma chambre mais incapable de plonger dans le sommeil, j'ai allumé mon ordinateur pour chercher des informations à propos des voyages transatlantiques du *Queen Mary* en 1955, tout en me traitant de crédule imbécile. J'en ai trouvé quatre en décembre, dont un New York-Southampton avec escale à Cherbourg en date du 21 (avec l'actrice Joan Crawford à bord !), et un Southampton-New York en date du 28. Ça correspondait en tous points aux détails livrés par mon fantôme du ponton, comme je commençais à l'appeler, et j'ai soudain pâli. Poursuivant mes recherches dans toutes les directions, j'ai fini par dénicher une annonce sur eBay proposant pour vingt-huit dollars l'original d'une liste de passagers de première embarqués sur le *Queen Mary* en décembre 1955... La photo était celle d'un carton rectangulaire ivoire, frappé du logo de la Cunard Line (un lion portant un globe terrestre) et au bas duquel une passagère (ou un passager) avait ajouté en espagnol et d'une très belle écriture :

A Mis Hermanas
Queen Mary. 21 décembre 1955

Suivait une signature illisible, mais la date était parfaite. J'ai sorti ma carte de crédit en me disant, le cœur battant, qu'il n'y avait plus qu'à attendre.

7

« *Je vous céderais volontiers ma place,*
mais elle est occupée. »
Groucho Marx

Ayant besoin de récupérer plusieurs dossiers importants laissés dans les bureaux de Venice, j'ai filé là-bas, tôt ce matin. En retournant à ma voiture, les bras chargés d'une pile de paperasse qui m'arrivait jusqu'aux yeux, j'ai pratiquement percuté une femme qui venait en sens inverse, portant des sacs de supermarché. Nous nous sommes baissés en même temps pour ramasser nos affaires éparpillées sur le trottoir, et j'étais tellement embarrassé que je me suis confondu en plates excuses.

– Un croissant jambon-fromage conviendra très bien en guise de réparation, m'a-t-elle suggéré d'une voix grave qui m'était familière.

– Connie Conroy ! me suis-je exclamé.

Connie et moi étions amis d'enfance. Nos maisons étaient voisines, et nous avons joué ensemble dans le même jardin d'enfants puis avons fréquenté le même lycée. À dix-sept ans, nous étions tombés vaguement amoureux l'un de l'autre avant qu'elle ne décide de rejoindre l'université de Stanford, et moi, celle de San Diego. Après quelques tentatives pour rester en contact, nous nous étions perdus de vue, et c'était la première fois que je la recroisais depuis une vingtaine d'années. Elle avait un peu changé, bien sûr, mais le timbre de sa voix était tellement caractéristique que je l'aurais reconnue n'importe où. Tout heureux, je l'ai invitée chez Great White où nous avons commandé une grande assiette de croissants jambon-fromage en souvenir de tous ceux qu'on dévorait ensemble lorsqu'on fuguait du lycée pour aller flirter sur la plage.

– Tu es marié ? m'a demandé Connie entre deux croissants.

– Je ne sais pas, ai-je honnêtement répondu. Et toi ?

– Je ne sais pas non plus ! Pour le moment, je suis dans la situation d'un ballon à moitié dégonflé qui tente de rebondir sur un sol en pente.

– Moi de même, lui ai-je dit en souriant.

Après avoir avalé plusieurs cafés en égrenant mille souvenirs, nous avons convenu de dîner ensemble, le lendemain, et je suis rentré tout guilleret à Long Beach. Ce rendez-vous allait vraiment me changer les idées, et Dieu sait si j'en avais besoin… Apparemment, elle aussi.

– Devine qui j'ai rencontré à Venice, ce matin ? ai-je lancé avec enthousiasme à Dee Dee, affairée à la cuisine.

– Si c'est Ginger Owl, je ne veux pas deviner.

– C'est quelqu'un que tu connais depuis plus longtemps.

– Garçon ou fille ?

– Fille.

– Alors je ne veux pas deviner non plus ! J'ai pratiquement détesté toutes les filles de Venice, surtout celles de l'école qui se transformaient en majorettes mijaurées, les jeudis ; en fofolles fardées, les samedis soir ; en vamps de pacotille, les dimanches ; et en poulettes sans tête pendant les heures de classe. Bon ! Tu as rencontré qui ?

– …

– Tu me le dis ou on continue ce jeu stupide de devinettes ?

– J'ai oublié.

– D'accord, mais je dois t'avouer que j'ai jeté par distraction ta cigarette électronique. Pas grave ! Une nouvelle *iqos* ne te coûtera qu'une centaine de dollars, et tant mieux si tu passes une soirée sans fumer.

– Connie Conroy.

– Non !

– Si. La fille la plus sympa de l'école.

– La pire, oui ! Il est vrai qu'elle n'était pas dans ma classe, mais je la voyais traîner dans les couloirs en lançant des blagues idiotes. Son objectif était de séduire un imbécile par jour, et sa voix rauque de garçon nous tapait tellement sur les nerfs que nous l'avions surnommée « Connie Conboy ».

– Moi, je trouvais cette voix très sensuelle.

– Ne me dis pas que tu faisais partie de sa cour de coquelets !

– J'étais son petit ami exclusif en dernière année.

– Tu racontes des bêtises, parce que si c'était vrai, on l'aurait vue quelques fois à la maison. Or cette fille n'a jamais mis les pieds chez nous.

– Aucune fille ne mettait les pieds chez nous ! Toi, tu n'avais pas d'amie, et tu m'avais fait jurer de ne ramener à la maison aucune des miennes. Tu disais que lorsqu'on vivait en famille, la moindre des élégances était de ne pas imposer aux autres une présence étrangère au sein du domicile commun, aussi brève soit-elle !

– Si je le disais, c'est que je devais avoir raison.

– Et je t'ai toujours obéi en n'invitant jamais personne.

– Il ne fallait pas me prendre au mot concernant les garçons ! Ce Bryan Brynn avec lequel tu suivais des cours de judo me plaisait beaucoup… Pourquoi ne me l'as-tu jamais présenté ?

– Parce que tu ne me l'as jamais demandé.

– Par pudeur, mais un frère doit sentir ces choses-là.

– Mais enfin, Dee Dee, tu étais assez jolie pour ne pas avoir besoin de moi comme intermédiaire ! Et d'ailleurs, tu l'es toujours autant.

– Tu t'en sors bien ! Mais pour en revenir à cette Connie Conboy, comment as-tu pu la reconnaître après toutes ces années ? C'est sûrement le timbre de sa voix qui t'a donné un indice.

– Elle n'a pas tellement changé.

– Faux ! Au bout d'un certain temps, les brunes changent, les blondes se détériorent, et les rousses deviennent méconnaissables. Or elle est rousse.

– Tu jugeras demain.

– Tu l'as invitée ici ?

– Je n'ai pas voulu t'imposer cette présence étrangère au sein de notre domicile commun ! Nous allons donc nous retrouver au restaurant et je prendrai des photos.

– Tu comptes renouer avec un ancien flirt alors que tu n'es même pas encore divorcé ?

– Je ne sors que pour égrener quelques souvenirs avec une amie d'enfance qui est très probablement mariée.

– Aucune femme mariée ne peut donner rendez-vous à un homme aussi rapidement, et certainement pas à dîner ! Si tu l'as rencontrée à Venice, dans notre ancienne rue, c'est qu'elle est rentrée chez ses parents après un divorce. Donc elle ne te lâchera plus !

– Tu ne penses pas que tu es en train de te faire un film ?

– Je ne pense pas, non.

C'était une scène de jalousie que ma propre femme ne m'aurait jamais jouée, et j'ai secoué la tête en souriant, attendri par l'instinct de protection que ma grande sœur manifestait à mon égard.

– Mais ce dîner aura sa raison d'être si, par chance, Ginger Owl et son gigolo se retrouvaient à manger dans le même restaurant que vous, disons à la table d'à côté, a ajouté Dee Dee en plissant les yeux, avec un air de conspiratrice.

***

J'ai invité Connie dans un restaurant éthiopien situé sur Pico Boulevard, à Los Angeles. Ginger n'appréciant que la cuisine américaine, française, chinoise ou mexicaine, j'ai trouvé plus prudent de choisir de manger éthiopien, ma diablesse de sœur ayant réussi à me perturber en me faisant imaginer ma femme, son *gigolo*, Connie et moi attablés côte à côte dans le même établissement et rendus muets par le grotesque de la situation : idée ridicule quand on pense que cette ville compte près de trente mille restaurants, mais allez donc calmer une imagination qui s'enflamme !

– Je ne connaissais pas ! s'est exclamée Connie en me rejoignant à vingt heures pile au Awash, où j'avais réservé une table.

– Moi non plus, mais j'en ai beaucoup entendu parler, ai-je menti.

En fait, comme souvent lorsqu'on s'en remet au hasard, les plats de cet Awash se sont révélés délicieux, le service parfait, et l'accueil chaleureux. À vingt et une heures, une file de clients s'était même formée devant l'établissement, et finalement, ça ne m'aurait pas dérangé de voir ma femme et son jeune amant en faire partie ! Les rencontrer ici m'aurait offert une petite revanche fort sympathique, parce que Connie était vraiment en beauté ce soir… Elle portait une robe orange très décolletée, de longues boucles d'oreilles en forme de grappes de raisin, une dizaine de bracelets composés de boules de verre colorées, des escarpins dorés à talons hauts ; et son fond de teint pailleté faisait resplendir le visage sous les lampes comme un petit soleil.

– Tu ressembles à la reine de Saba, lui ai-je déclaré, amusé.

– C'est de circonstance dans un restaurant éthiopien, non ?

– Je me rappelle qu'à dix-sept ans, tu aimais déjà ce style un peu… voyant.

– À l'école, ta sœur me surnommait *paillette sans tête* à cause de mon look, et Connie Conboy à cause de ma voix.

– Oh, ce n'était pas méchant…

– Si, puisque je m'en souviens. À propos, comment va-t-elle ?

– Bien, bien. Elle habite actuellement avec moi à Long Beach.

– Donc vous êtes tous les deux sans attaches. Ça tombe bien, parce que bientôt, moi aussi. Il faut dire que notre tranche d'âge est celle qui est la plus exposée aux dangers de la solitude, parce que c'est celle du premier divorce et celle où l'on se rend compte que nos enfants sont désormais capables de nous remplacer en tout. La première moitié de notre vie est passée et la seconde nous intéresse moins. Le remariage devient difficile, la vie professionnelle tire son chapeau, les amis du même âge sont plongés dans leurs propres problèmes (identiques aux nôtres, dans le meilleur des cas), et les plus vieux sont déjà installés en Floride, où la moyenne d'âge donne à ceux qui n'ont que soixante ans l'occasion de gambader devant ceux qui en ont quatre-vingts (leur seule consolation avec les gains au bridge et les scores au golf).

– Wow ! Ton divorce se passe si mal que ça ?

– Il m'a quittée pour l'amie de notre fille : une gamine de vingt-quatre ans. Je t'avoue qu'en rentrant dans ce restaurant, j'ai follement espéré le voir attablé ici en compagnie de sa pouffiasse, ce qui m'aurait offert une petite revanche sympathique, parce que physiquement, tu le bats à plate couture.

– J'ai eu la même idée concernant ma femme ! me suis-je exclamé en riant.

– Il ne nous reste donc qu'à sortir ensemble le plus souvent possible pour augmenter nos chances de les rencontrer. C'est moi qui viendrai te chercher à Long Beach, la prochaine fois, et j'en profiterai pour dire bonjour à Chikadee.

– Je lui montrerai une photo de toi, en attendant, lui ai-je proposé en tirant mon portable de ma poche.

– Super ! s'est enthousiasmée Connie en prenant une pose de vamp qui a exclu toute possibilité de laisser ma sœur jeter un coup d'œil à ce visuel.

***

Ma soirée avec Connie s'est prolongée jusqu'à minuit, et à mon retour, Dee Dee était déjà au lit. Je me suis servi un verre de Cinzano que je suis sorti siroter sur le ponton sans arrière-pensée, voulant seulement écouter le clapotis de l'eau.

– Vous êtes en excellente compagnie, Charles ! s'est soudain manifesté Cliff Cloud.

J'ai sursauté, surpris de le trouver là, alors que la soirée divine que je venais de passer avec Connie était parvenue à m'éloigner de mes préoccupations à propos du *Queen Mary*, des fantômes et des pantoufles d'un autre âge. Il était assis sur sa chaise, comme d'habitude, mais caché par une sorte de sèche-linge que ma sœur utilisait pour aérer les coussins.

– Désolé de vous avoir fait peur, s'est-il excusé.

– Je ne m'attendais pas à vous voir ici aussi tard, et mon prénom n'est pas Charles.

– C'est à cause du logo de Cinzano que je lis sur votre verre. Il m'a rappelé un dessin publicitaire où une femme lance à un homme en smoking qui porte un verre de cet apéritif dans chaque main : « Vous êtes en excellente compagnie, Charles ! » Je pensais que vous connaissiez cette annonce...

– Elle date de quelle année ?

– 1955, je crois.

– Eh bien, moi, je suis resté accroché à un slogan arrivé bien plus tard : le fameux *Cin Cin Cinzano !*

– Excellente trouvaille.

– En effet, mais puisque vous êtes là, pourrions-nous plutôt nous concentrer sur la suite de votre histoire ?

– J'en étais où ?

– Southampton, un 28 décembre, prêt à embarquer sur le *Queen Mary* et heureux de rentrer à New York avec les bras chargés de cadeaux.

– Ah, tante Flora avait été bien généreuse ! Je l'avais quittée les larmes aux yeux, mais impatient de retrouver

Vera, qui me manquait terriblement. Comment savoir que…, a-t-il soupiré avant de laisser flotter son regard sur le *Queen Mary* qui se balançait en face de nous, comme pour le prendre à témoin. Quand on est jeune, on pense qu'il suffit d'être en bonne santé et de disposer d'un peu d'argent pour posséder le monde. Quelle naïveté ! La vérité est que n'importe quel individu de n'importe quel âge ne possède que trois choses : son passé, ses rêves et l'instant présent. Rien d'autre !

– Qu'est-il arrivé à votre retour ? lui ai-je demandé après plus d'une minute de silence.

– Il n'y a eu ni arrivée ni retour.

– Vous n'êtes plus monté à bord du paquebot ?

– Bien sûr que si ! Mais…

– Mais quoi ? l'ai-je pressé, conscient d'être en train de réclamer à quelqu'un qui paraissait plus jeune que moi de me raconter un voyage qu'il disait avoir effectué en 1955. Je n'étais vraiment plus à une contradiction près !

– Eh bien, les premiers jours de cette traversée ont été merveilleux ! J'étais enthousiasmé par mon séjour à Londres, ébloui par le luxe du *Queen Mary* que je n'avais pas su apprécier à l'aller et heureux à l'idée de revoir bientôt ma fiancée. Mais une seule minute a suffi pour que tout ce bonheur tombe à l'eau !

– Comment ça ?

– C'était un peu avant notre arrivée. Il était onze heures du soir. Après une partie de cartes particulièrement animée, j'étais sorti sur la coursive pour fumer une cigarette et prendre un bol d'air, la tête levée vers un ciel qui m'était de plus en plus clément, reconnaissant envers ma bonne étoile. Je m'attendais à me retrouver seul, à l'extérieur, car il faisait très froid, mais avant même d'attraper mon briquet pour allumer ma Marlborough, un homme d'une cinquantaine d'années, assis dans l'obscurité, m'a fait sursauter en me demandant sur un ton avenant si je pouvais lui offrir une dernière cigarette. Je lui ai poliment répondu « Avec plaisir » en lui tendant ma boîte. Après qu'il m'a exprimé sa vive reconnaissance, j'ai engagé la conversation et me suis intéressé à son trajet, l'interrogeant sur sa destination. Il m'a alors tranquillement expliqué que son voyage finissait *avant* d'arriver à New York puis il a tiré une longue bouffée de Marlborough en plissant les yeux. Déconcerté par sa réponse à la fois étrange et énigmatique, j'ai tenté d'en savoir davantage, tâchant de comprendre par quel moyen une telle chose était possible. C'est là qu'il s'est exclamé « Comme ça » tout en se levant soudain de sa chaise pour se précipiter sur le bastingage qu'il s'est mis à enjamber. Réalisant ce qu'il avait l'intention de faire, j'ai bondi pour essayer de l'arrêter, mais il était bien plus lourd que moi, et s'agrippant à mon bras, il m'a entraîné dans sa chute.

– C'est affreux ! me suis-je écrié. Pourquoi a-t-il fait ça ?

– Il s'appelait Ron Isenberg et était le patron d'une compagnie d'assurances qui venait de faire faillite à Londres. Ruiné, sa famille éclatée, il avait choisi de quitter l'Europe dans l'espoir de commencer une nouvelle vie en Amérique. Mais le courage lui avait manqué en chemin. Il avait alors décidé d'en finir avant de débarquer à New York : une ville où il ne connaissait personne, où sa réputation risquait de le suivre et où il allait se retrouver, à plus de cinquante ans, seul et sans moyens.

– C'est quelque chose que je peux comprendre, hélas, mais comment avez-vous été secourus ?

– Nous ne l'avons pas été. Il faisait nuit et froid, la coursive était vide, et personne n'a été témoin de cette scène. Ce qui est le plus frustrant, c'est que nous étions presque arrivés à bon port.

– Vous n'avez quand même pas rejoint New York à la nage…

– Hélas, non ! Isenberg s'est noyé tout de suite parce qu'il ne savait pas nager, et il m'a été impossible de le secourir.

– Et vous ?

– L'eau était glacée et après avoir nagé aussi loin que je pouvais, je me suis noyé aussi.

– Et après ?

– Eh bien, après, je suis mort.

Je l'ai regardé, choqué par sa dernière réplique qui me laissait sans voix.

– Croyez-moi, j'ai été bien plus choqué que vous quand je m'en suis rendu compte.

– Vous me prenez pour un imbécile ? me suis-je emporté en recouvrant soudain mes esprits et en quittant mon siège avec précipitation.

– Je vous prends pour quelqu'un qui est moins informé que moi.

8

« *Il ne fait aucun doute qu'il existe un monde invisible. Cependant, il est permis de se demander à quelle distance il se trouve du centre-ville et à quelle heure il est ouvert.* »
Woody Allen

Mon dernier échange avec Cliff Cloud m'empêchait désormais de dormir, et je passais une partie de mes nuits, les yeux grands ouverts, à me remémorer chaque détail de ces rencontres surréalistes qui avaient débuté le 6 janvier et qui continuaient de se produire à intervalles irréguliers. Cela faisait maintenant trois semaines que cet homme, qui m'avait tranquillement annoncé être mort en 1955, me rendait visite. J'avais reçu ce matin même la liste, commandée sur eBay, des passagers de première classe embarqués à New York sur le *Queen Mary* et ayant fait escale à Cherbourg le 21 décembre 1955, et non seulement le nom de l'actrice Joan Crawford y figurait, mais celui de Cliff Cloud aussi ! Cela m'avait d'abord perturbé, mais je m'étais dit qu'il était fort possible que le Cliff Cloud du bateau ait été un vieil oncle de mon « fantôme du ponton » auquel ce dernier, échappé de je ne sais où, s'était identifié. Peut-être que si j'avais moi-même eu un frère ou un cousin atteint d'une déficience mentale, il se serait pris, par exemple, pour ce Pierre Samuel DuPont, dont ma famille racontait tout le temps l'histoire…

Cette explication aurait très bien pu convenir en l'absence de certains détails sur lesquels je persistais à m'interroger avec force et, je dois bien le reconnaître, un certain ébranlement : comment cet homme arrivait-il à entrer chez moi et à s'éclipser sans que je m'en aperçoive ? Pourquoi portait-il toujours la même tenue et… les mêmes pantoufles ?! Pourquoi Dee Dee ne le voyait-elle pas ? Pourquoi avais-je parfois l'impression qu'il était rapporté dans sa portion d'espace, comme un collage en trois dimensions plaqué sur une toile peinte ? Et surtout, comment avais-je pu, pendant plus de trois semaines, continuer à rencontrer ce type sur mon ponton sans m'en livrer à qui que ce soit ? C'était un comportement incompréhensible de la part de quelqu'un d'équilibré ! À ma décharge, malgré l'incongruité de la situation, je ne m'étais jamais senti menacé.

En tentant de remettre une fois de plus mes idées en place, je me suis rappelé que ma sœur m'avait parlé d'un article du *Time* qui comptait le *Queen Mary* parmi les dix endroits les plus hantés au monde… Un rapide coup d'œil à mon ordinateur m'a confirmé qu'elle avait raison. Une flopée d'esprits de capitaines, de matelots ou de voyageurs n'avaient pas trouvé utile de quitter ce paquebot après leur décès, attirant les passionnés de paranormal de tout le pays. Il était même possible, tous les vendredis, à minuit, de participer à une visite guidée des coins hantés du bateau, magnétophones en main, pour essayer de capter des messages d'outre-tombe. Une certaine cabine 340B, où s'était déroulé un crime resté inexpliqué, avait même été condamnée à cause de multiples manifestations paranormales ayant traumatisé des passagers. Cette cabine de troisième classe avait finalement été transformée en suite et se louait désormais à 499 dollars la nuit… Signe des temps ! Une petite fille hantait aussi la piscine où elle s'était noyée ; un jeune homme tué par la fermeture d'une porte de la salle des machines continuait à s'y promener ; et le spectre d'une dame ne décollait pas des salons…

Cerise sur le gâteau : le *Queen Mary*, converti en navire de transport de troupes pendant la Deuxième Guerre, avait accidentellement provoqué en 1942 le naufrage d'un de ses navires-escortes, le croiseur léger *HMS Curacoa*, causant la perte de 239 hommes d'équipage. Afin d'éviter d'être coulé par des sous-marins allemands, il ne s'était pas arrêté pour leur porter secours…

Mon ordinateur refermé, je suis longtemps resté songeur devant cette avalanche de renseignements concernant un bâtiment qui flottait en face de mon salon jour et nuit, et dont j'ignorais tout jusqu'à maintenant. Ceci voulait-il dire que Cliff Cloud était un revenant, hantant son paquebot en continu et mon ponton de temps en temps ? Grotesque, d'autant plus qu'aucun article ne mentionnait la disparition de deux voyageurs pendant une traversée qui s'était déroulée en décembre 1955. Mais si, pour des raisons évidentes de mauvaise publicité, on s'était gardé de citer ces noyades ? J'avais découvert que ce type d'accident n'était pas rare, mais qu'on en entendait peu parler. D'après les dossiers du FBI, une douzaine de compagnies avaient déploré, ces dix-huit dernières années, la perte de trois cent quatorze passagers passés par-dessus bord… La cause principale de ces chutes était l'ivresse ou le suicide, et les compagnies maritimes déployaient de grands moyens pour étouffer ces affaires. On les comprend ! Apprendre que quelqu'un qui avait pris la mer s'était retrouvé au ciel n'était pas le genre d'information qui pouvait inciter à partir en croisière.

Après avoir écumé tout ce qu'il y avait à savoir sur le *Queen Mary* et analysé chaque mot prononcé par Cliff Cloud, il me restait à choisir entre deux hypothèses :

1. J'avais affaire à un déséquilibré dont je n'avais pas encore percé le secret.
2. J'avais affaire à un homme né en 1923 et mort en 1955.

Ma tête penchait pour la première hypothèse, mais curieusement, mon cœur penchait pour la seconde, parce que j'avais découvert, étonné, que je commençais à m'attacher à ce singulier personnage.

Ce 27 janvier, alors que Dee Dee était scotchée devant ses éternelles séries télévisées et que je m'appuyais, songeur, contre la baie vitrée du salon, je l'ai de nouveau aperçu, perché sur mon ponton. Sans hésiter une seconde, j'ai rapidement servi deux verres de Cinzano avant de sortir me planter face à lui.

– « Je suis en excellente compagnie, Charles ! » l'ai-je salué en levant mes deux verres, un sourire espiègle aux lèvres.

– Ce n'est pas tout à fait ça, mais le slogan reste bon, m'a-t-il répondu en souriant.

– On trinque ? ai-je proposé.

– J'ai arrêté l'alcool depuis soixante-sept ans, mais votre convivialité de ce soir me fait plaisir. Indique-t-elle que je serai désormais reçu ici en ami ?

– Peut-être.

– Je suppose donc que vous avez beaucoup pensé à moi, ces derniers jours, internet à l'appui. Les moyens dont vous disposez maintenant pour enquêter sur les gens sont quand même extraordinaires… Et qu'avez-vous trouvé ?

– Votre nom est bien sur une liste des passagers de première, datée du 21 décembre 1955, mais aucune information sur de prétendues noyades.

– Je vais vous expliquer pourquoi, mais c'est un peu compliqué.

– Je n'en doute pas.

– Eh bien, ce soir-là, celui de ma disparition avec Ron Isenberg, il était tard, il faisait froid, la coursive était vide et personne ne nous a vus tomber à l'eau, comme je vous l'ai déjà dit. Notre absence n'a donc été signalée que quelques heures plus tard, à l'arrivée au port de New York. Je me rappelle avoir observé le paquebot s'éloigner, puis avoir désespérément nagé avant de me sentir couler en ayant une dernière pensée pour Vera. Je me suis ensuite retrouvé de nouveau sur la coursive, je ne sais comment. Bien que soulagé, je n'y comprenais rien. J'ai alors voulu réintégrer ma cabine en passant par le salon, où j'ai demandé l'heure à un steward qui débarrassait des tables basses, mais il ne m'a ni regardé ni répondu. Je me suis donc retourné vers des dames qui jouaient encore aux cartes, mais elles ne semblaient pas conscientes de ma présence. C'est là que j'ai commencé à paniquer, soupçonnant que j'étais mort, mais priant pour que je sois en train de rêver… À ce moment-là, un jeune homme est apparu à mes côtés et m'a gentiment invité à le suivre. J'étais content que lui, au moins, puisse me voir, et son regard chaleureux me pressait de lui obéir. J'ai alors de nouveau pensé à Vera, qui devait m'attendre avec impatience au port, et je lui ai demandé si j'étais mort. « Oui », m'a-t-il simplement répondu. L'apprendre de sa bouche m'a causé un sacré choc !

– Je l'imagine sans peine.

– Il m'a prié une seconde fois de le suivre en m'assurant que ma famille m'attendait, et il se dégageait de lui une telle bienveillance que j'ai été tenté de lui tendre la main, mais au lieu de ça, j'ai seulement dit que je ne voulais aller nulle part parce que j'avais fait la promesse à ma fiancée de ne jamais l'abandonner. « Rester à ce niveau-là vous frustrera, le temps vous semblera long, votre évolution sera retardée, et votre fiancée ne pourra jamais vous voir… », m'a-t-il doucement prévenu. J'ai répondu qu'il me suffirait d'aimer. Il a souri et m'a laissé là avant de s'éclipser.

– Ce qui veut dire que je suis en train de parler à votre… euh… corps spirituel ?

– Tout à fait. Me croyez-vous ?

– Je ne sais pas. Mais je vous avoue que, même si je trempe dans un domaine aussi superficiel que la publicité, j'ai toujours été intéressé par le paranormal.

– Moi aussi ! C'est pour cette raison que ma mort m'a choqué sans me paniquer. Je me suis instantanément remémoré tout ce que j'avais lu dans ce domaine. Comme quoi, la lecture est vitale, même *post-mortem*... Je savais donc qu'il était plus facile pour un défunt de préserver la relation avec un vivant lorsqu'il restait au même niveau que lui, c'est-à-dire sur terre, pour un certain temps.

– Et... euh... on vous a permis aussi facilement de ne pas vous éloigner de votre Vera ? Je trouve le ciel bien romantique !

– Il l'est.

– Et vous allez la visiter à votre guise, comme vous le faites avec moi ?

– Pas du tout ! Il m'est interdit de la perturber ou d'interférer avec sa liberté. Je peux seulement m'approcher d'elle pour la protéger, au besoin, en lui insufflant le plus d'amour possible.

– De quelle manière ?

– Quand j'ai fini par être déclaré disparu, Vera s'est effondrée, et j'ai pu être là pour la consoler en l'entourant d'intenses vibrations positives, même si elle ne me voyait pas. Par la suite, je me suis tenu auprès d'elle à toutes les dates où la nostalgie fait le plus mal : nos anniversaires, Noël, le 15 mai, qui est le jour que nous avions fixé pour notre mariage, et surtout, ce jour de décembre où elle m'a vainement attendu sur le port de New York... Mais aussi à tous les moments où elle se sentait vraiment au creux de la vague. Ces jours-là, je lui rends visite pour la soutenir, et croyez-moi, elle le perçoit !

– Mais dans ce cas, pourquoi ne... résidez-vous pas à Pleasantville, puisque c'est là-bas qu'elle habite ?

– Pourquoi ne hanterais-je pas carrément sa maison, vous voulez dire ? Mon Dieu, non ! Les trépassés qui le font sont des âmes perdues qui ont besoin d'être guidées, ce qui n'est absolument pas mon cas ! Moi, je fais partie de ces esprits sereins qui ont demandé à rester encore un peu sur terre, en toute connaissance de cause, dans le but d'aimer plus. Ce privilège m'a été accordé parce que j'ai donné ma vie pour tenter de sauver celle de quelqu'un d'autre : dans l'au-delà, cet acte est placé au plus haut de la hiérarchie des comportements humains à célébrer. Et si je passe ce surplus de temps terrestre à bord du *Queen Mary* et pas ailleurs, c'est parce que c'est là que j'ai vécu mes derniers instants. Cet endroit reste imprégné dans l'âme pour toujours. Cela ne m'empêche pas de visiter, au besoin, l'esprit de Vera jusqu'à ce que la mort nous unisse.

– Mais ne s'est-elle jamais mariée ?

– Jamais ! Nous étions devenus deux âmes en une et nous nous étions juré une fidélité absolue, quoi qu'il arrive. Elle est donc restée vivre dans la maison de ses parents et a continué à enseigner jusqu'à l'âge de la retraite. Je n'ai jamais quitté ses pensées, comme elle n'a jamais quitté les miennes. Elle a quatre-vingt-treize ans aujourd'hui et ne doute pas que nous allons bientôt être réunis.

– Quatre-vingt-treize ans alors que vous en paraissez trente !

– Son corps spirituel en reparaîtra trente, lui aussi. C'est comme ça que ça se passe.

– Vous êtes forcément mieux informé que moi.

– Un peu mieux seulement, vu que je suis encore à un niveau très proche du vôtre, mais je reconnais que mes nouvelles connaissances sont vitales. Et maintenant, permettez-moi de vous reposer ma question : me croyez-vous ?

– Je passe du peut-être au oui.

– Pourquoi ?

– Parce que votre corps ne s'insère pas parfaitement dans l'espace qu'il occupe, comme une pièce de puzzle mal placée. Parce que c'est le seul choix qui me reste pour expliquer votre présence. Parce que vous me semblez plus équilibré que toutes les personnes qui m'entourent, mon fils excepté. Et surtout, parce que le fait de vous croire me rend soudain plus heureux.

– Merci ! s'est-il exclamé en posant sa main sur mon épaule, provoquant une pression élastique accompagnée d'une décharge d'énergie qui m'a donné l'impression d'être en contact avec quelque chose de plus vivant que la matière…

Gagné par une émotion qui m'était jusque-là inconnue, j'ai senti mes yeux se remplir de larmes.

***

Cette dernière rencontre m'avait apaisé, parce que malgré son étrangeté, j'avais obtenu une réponse. Je supposais que si j'avais raconté cette histoire à mes proches, on m'aurait pris pour un original doublé d'un cinglé. Mais le fait est que j'avais été passionné par le paranormal dix-sept ans plus tôt, grâce à un livre offert à mon père par un de ses amis, un ornithologue français. Intitulé *Le Chronoviseur*, il parlait d'un appareil mis au point par une équipe de scientifiques, dont l'allemand Von Braun, pivot de la conquête spatiale américaine, réunis autour d'un moine bénédictin italien, le père Ernetti, diplômé en physique quantique. Cette machine à explorer le passé fonctionnait en captant des gammes d'ondes, et parvenait à faire voir et entendre des personnes qui avaient vécu sur terre il y a des siècles, comme Napoléon, Cicéron, ou même le Christ ! Finalement jugé dangereux, le chronoviseur avait été démonté, ses pièces dispersées, et ses plans déposés à l'étranger, dont un double à Rome. Un épais voile de silence avait enveloppé cette affaire bien réelle.

L'auteur de ce livre avait été un ami d'Ernetti, et cette histoire, qui datait des années soixante-dix, m'avait fasciné. Je m'étais ensuite procuré d'autres ouvrages qui touchaient de près ou de loin à ce sujet, dont ceux de l'incontournable docteur Moody, pionnier de l'étude scientifique des expériences de mort imminente. Puis, de référence en référence, j'avais découvert d'autres écrivains avant-gardistes, comme Kenneth Ring, Melvin Morse, Michael Sabom, Elisabeth Kübler-Ross : des cardiologues, chercheurs, psychologues, médecins… dont je n'avais jamais entendu parler, mais qui étaient devenus des références dans l'étude de phénomènes paranormaux en relation avec l'après-vie. J'étais même allé jusqu'à lire, dans la foulée, une flopée d'ouvrages qui traitaient de transcommunication instrumentale, une méthode qui utilisait de nouveaux moyens technologiques pour contacter le monde de l'au-delà et recevoir des messages de défunts. Bref, je me rendais une fois par semaine chez Book Soup, ma librairie préférée à Los Angeles, pour passer de nouvelles commandes. Au bout de plusieurs mois de ce régime de lecture, j'en savais assez pour devenir premier conseiller en surnaturel auprès de l'ambassade du Vatican, et Ginger, qui venait de tomber enceinte d'Antoine, avait fini par me menacer de m'exiler dans la cave si elle voyait encore traîner chez nous un seul livre parlant de mort ou de défunts.

J'étais donc passé aux romans policiers, puis aux auteurs russes, puis aux mémoires d'hommes politiques, puis aux Harry Potter, puis aux *best-sellers* du moment, et ma collection de « conneries », comme l'avait appelée ma femme, avait été rangée sur l'étagère la plus haute de ma bibliothèque, où elle prenait la poussière depuis plus de dix-sept ans.

Il était temps de la récupérer.

***

– C'est quoi, cette pile de poussière ? s'est étonnée Dee Dee, ce matin, en voyant mes ouvrages sur le paranormal entassés près de la machine à café.

J'avais demandé à Antoine de me les rapporter de la maison, et il avait eu la gentillesse de les déposer chez moi avant de se rendre à ses cours. « C'est pour t'aider à comprendre tante Dee Dee ? » avait-il plaisanté en déchargeant le tout sur la table de cuisine.

– J'ai besoin de lecture, ai-je répondu à ma sœur sur un ton qui se voulait léger.

– *Contacts avec l'au-delà*, *Les morts nous parlent*, *La mort est une seconde naissance*… De la lecture, ça ? Tu es malade ?

– Absolument pas.

– Tu veux contacter papa et maman pour te plaindre de moi ?

– Dee Dee !

– Alors, c'est à cause de *Ghost Whisperer* ! Je vais t'interdire de suivre cette série avec moi. Tu es trop vulnérable.

– Arrête ! C'est pour mon travail.

– Tu veux vendre du chocolat aux défunts ?

– À propos de chocolat, ai-je aussitôt saisi la perche pour changer de sujet, je te rappelle que le tournage du film est imminent.

– Pas besoin de me le rappeler.

– Je n'en reviens toujours pas que tu aies accepté de figurer dans cette publicité.

– Moi non plus. Et si tu es inquiet, il te reste à contacter qui de droit, là-haut, pour que je ne change pas d'avis à la dernière minute, a-t-elle ajouté en indiquant du menton ma pile de livres.

Dee Dee n'a pas changé d'avis, et le tournage s'est étonnamment bien passé. J'ai été ébahi par sa prestation, d'autant plus surprenante que je n'avais pas été habitué à une telle aisance de sa part : on aurait dit qu'elle avait fait ça toute sa vie… Jack et Jude pavoisaient. Le producteur aussi. Le client aussi. Me concernant, j'ai consacré les jours suivants à établir des plans média pour un spot publicitaire vantant une tablette de chocolat. Mes soirées, quant à elles, étaient dédiées à la lecture des ouvrages pouvant m'éclairer sur mes rencontres avec le corps spirituel d'un jeune homme de quatre-vingt-dix-neuf ans.

Il était impossible d'imaginer un contraste plus saisissant entre deux emplois du temps.

9

« *Expliquez-moi le dernier des insectes,*
je vous tiens quitte de l'homme ! »
Jean Rostand

Le début de la campagne publicitaire du Zinfandelice a démarré en fanfare à la maison, grâce à Dee Dee, qui avait scotché une copie du plan média sur la porte du frigo pour ne rater aucun de nos clips de 30 secondes qui passaient sur trois chaînes.

– Je suis parfaite dedans ! s'est-elle extasiée ce soir pour la trentième fois en zappant d'une chaîne à l'autre. As-tu eu des retours ?

– La campagne n'a commencé que depuis vingt-quatre heures ! Tu veux peut-être connaître le chiffre des ventes de la journée d'hier ?

– Je me fiche des ventes. On m'a trouvée comment ?

– Le client t'a trouvée très bien.

– Je me fiche du client. Les téléspectateurs m'ont trouvée comment ?

– On le saura dans quelques jours.

– Je pourrais demander son avis à Timothy Pains, le voisin qui s'occupe de mon assurance et qui garde mes chats.

– Le spot n'est pas diffusé dans le Colorado. Ce n'est qu'une campagne test.

– Merde ! Avec toi, je ne suis jamais informée de rien. Tu ne m'as même pas montré les photos de ta soirée avec Connie Conboy, comme tu me l'avais promis.

– Son nom est Conroy et tu la détestes.

– Je veux rejuger. Invite-la à dîner.

– Et manquer d'élégance en t'imposant une présence étrangère au sein de notre domicile commun ?

– Notre domicile commun est devenu une agence de publicité le jour et une bibliothèque pour amateurs de paranormal la nuit. Invite-la !

Connie a été ravie de mon invitation, et ma sœur a passé l'après-midi du lendemain à la cuisine pour confectionner un assortiment surprenant de crêpes. Il y en avait pour tous les goûts ! Jambon-fromage, poulet-champignons-béchamel, crème de marrons, chocolat-fraises-bananes-chantilly, pomme-cannelle-glace vanille…

– Qu'est-ce qui t'a donné l'idée de préparer ce menu multicrêpes ? me suis-je étonné, les sourcils froncés, une pointe d'inquiétude dans la voix. Montre-moi celles que tu as trafiquées pour empoisonner Connie afin que je m'abstienne d'en manger !

– Mon cher, nous sommes le 2 février. Je sais bien qu'au sud de Los Angeles, il fait beau toute l'année, ce qui vous empêche de faire la différence entre les saisons et vous fait confondre les mois... Mon Dieu, comme le Colorado me manque ! Là-bas, au moins, on a des cheminées et pas seulement des planches de surf. Tu vois bien pourquoi j'ai quitté la Californie ! Bref ! Je te rappelle qu'on fête la Chandeleur aujourd'hui, et que ce jour-là, papa nous cuisinait toujours des crêpes qu'il faisait sauter jusqu'au plafond. Heureusement que je suis là pour perpétuer nos traditions familiales et les transmettre à Antoine, parce que s'il fallait compter sur Ginger Owl...

– Mais si Connie n'aime pas les crêpes, le dîner est fichu. Tu ne pourrais pas...

– Trop tard. J'entends la sonnette.

– Tu n'as pas changé en *vingt-cinq ans* ! s'est exclamée Connie en prenant Dee Dee dans ses bras.

Elle était vêtue d'un tailleur-pantalon orange assorti à une ceinture sertie de pierreries violettes et aux mêmes escarpins dorés qu'elle portait la dernière fois. Ses ongles étaient peints en mauve, et un maquillage pailleté faisait scintiller ses paupières, ses lèvres et ses pommettes.

Ma sœur m'a jeté un coup d'œil choqué et j'ai tendu le dos, m'attendant au pire de sa part.

– Aujourd'hui, on fête la Chandeleur. Le carnaval, c'est dans deux mois, lui a répondu Dee Dee en la toisant de haut en bas.

– Je ne connais pas, s'est étonnée Connie.

– C'est le jour où le vieux Siméon a reconnu en l'Enfant Jésus la lumière des nations, ai-je rapidement expliqué pour clore le sujet.

– Ah ! Moi, je sais que le 2 février, on fête le Groundhog Day : le jour de la Marmotte. Chez mes grands-parents, en Pennsylvanie, c'est le moment d'observer ces petits rongeurs qui viennent de se réveiller et sortent de leurs terriers. Si le temps est nuageux et que la marmotte ne voit pas son ombre, ça veut dire que le printemps commence bientôt. S'il y a du soleil et que la marmotte voit son ombre, on dit que l'hiver va encore durer six semaines. Une tradition ancestrale qui date de 1886.

– Je pense que je vais imiter les marmottes et vous laisser seuls, a décidé ma sœur en poussant un profond soupir et en secouant la tête. Tu serviras les crêpes, Jay, je vais dormir.

– Tu as préparé des crêpes ? s'est extasiée Connie en fixant ma sœur avec admiration. Tu as décidément tous les talents ! Les livres pour enfants, la bonne cuisine, et maintenant, la télé.

– Quelle télé ? a demandé Dee Dee en se figeant à la porte du séjour.

– Le clip qui passe depuis deux jours, évidemment, celui du chocolat. Tu es super, dedans !

– N'exagérons rien, a susurré ma sœur en revenant sur ses pas.

– Si, si ! D'ailleurs, je t'ai toujours envié ta ressemblance avec Sally Field, et aussi ton timbre de voix. Moi, à l'école, on m'avait surnommée Connie Conboy.

– Grotesque ! Je trouve qu'au contraire, ta voix est très sensuelle, a prétendu ma sœur dans un mensonge éhonté. Et donc, ce clip t'a plu ?

– Étonnant ! Si tu n'étais pas déjà dans le domaine de la littérature, je t'aurais bien vu faire du cinéma... Sais-tu que mes neveux possèdent toute la collection des *Chikadee* ? Ils adorent et sont toujours fiers de répéter que nous étions voisines.

– Nous aurions même pu être amies si, à l'époque, mon frère avait daigné ramener ses copines à la maison. Je lui en avais fait plusieurs fois le reproche ! C'était comme s'il avait honte de moi.

J'ai regardé ma sœur, stupéfait et un brin irrité par ce deuxième mensonge. Décidément, à quel jeu se livrait Dee Dee ?

– Comment pouvait-il avoir honte de toi ? Tu étais la plus jolie fille du lycée ! s'est scandalisée Connie. Tu n'avais même pas besoin d'un soupçon de maquillage pour te faire remarquer, alors que toutes les autres dépensaient leur argent de poche en rouges à lèvres fluo et en fanfreluches. Moi y compris.

– Je me le rappelle, oui. Eh bien, l'évocation de tous ces souvenirs sympathiques m'a finalement donné envie de vous servir les crêpes moi-même, surtout que, contrairement à Jay, je sais le faire à la manière de papa.

– Super ! Et désolée de ne pas avoir deviné ce que vous fêtiez aujourd'hui, mais il faut dire qu'avec vos origines françaises...

– C'est vrai que nous restons différents, lui a répondu ma sœur.

– Nous sommes américains depuis plus de deux cents ans, Dee Dee ! l'ai-je interrompue. Donc autant dire depuis toujours. Ce pays n'est fait que de gens comme nous.

– Pas tout à fait comme nous, mon cher. N'oublie pas que Pierre-Samuel DuPont, notre ancêtre français, était comme chez lui au château de Versailles avant d'émigrer aux États-Unis.

– Au lycée, ce qui m'avait d'abord attirée chez Jay, c'était son air patricien. Un prénom français lui aurait parfaitement convenu. À toi aussi, d'ailleurs, a susurré Connie.

– Notre père, qui était ornithologue, a voulu nous donner des noms d'oiseaux, et Jay et Chikadee sonnaient mieux que Geai et Mésange… Mais mon neveu s'appelle Antoine. Pas *Anthony*. Et maintenant, je vais vous servir des crêpes. Pas des pancakes. Il y a autant de points communs entre une crêpe et un pancake qu'entre un vin de messe et du coca light.

– Oh, elles me paraissent délicieuses, Dee Dee, et merci de m'avoir invitée chez vous ce soir. Tu n'imagines pas à quel point ça m'a fait plaisir de revoir Jay après toutes ces années…

– Si, j'imagine.

– … et à quel point j'étais contente de te reconnaître dans cette publicité ! J'ai raconté à toutes mes amies que l'héroïne de ce clip était Chikadee DuPont, la sœur de mon ex-copain.

– Il n'y a plus d'ex ! Reviens chez nous quand tu veux.

J'avais l'impression désagréable que Connie flattait Dee Dee et vice-versa dans le seul but de gagner ma sympathie, et leur joute verbale, qui me semblait manquer d'authenticité, m'a mis un peu mal à l'aise. Finalement, ma relation avec mon fantôme du ponton était moins compliquée.

***

– Salut ! m'a accueilli Cliff Cloud, ce soir, alors que j'étais sorti fumer ma cigarette électronique, dont Dee Dee détestait l'odeur.

Sa dernière visite remontait à six jours : un délai qu'à mon grand étonnement, j'avais trouvé trop long.

– Bonsoir ! lui ai-je répondu d'un ton guilleret.

– On dirait que vous êtes content de me voir.

– Ça se pourrait.

– Ce sont vos récentes lectures qui vous ont mis dans ces dispositions favorables ?

– Vous m'espionnez ?

– Juste une intuition. Ça coulait de source qu'ayant fait la connaissance d'un « revenu » (je préfère ce mot à celui de « revenant », qui est trop passif), vous cherchiez à en savoir plus. Il faut dire que depuis quelques années, les ouvrages sur l'après-vie se multiplient, comme si l'homme, se sentant à l'étroit sur une planète surpeuplée, avait besoin de s'assurer que plus tard, il aurait la possibilité de s'ébattre dans des espaces plus larges. De toute évidence, les projets de conquête spatiale d'Elon Musk vont dans ce sens. Et ne prenez pas cet air étonné ! Moi aussi, je lis, et beaucoup plus rapidement que vous… Il me suffit de penser à un sujet pour qu'immédiatement, tous les livres qui en parlent se présentent à mon esprit. Il ne reste plus à ma mémoire qu'à scanner ceux qui l'intéressent. En fait, ça se passe comme pour vous, mais en accéléré. C'est ainsi qu'on évolue. En revanche, il y a des défunts qui refusent d'évoluer, et ceux-là sont infréquentables.

– Ah bon ?

– Je les appelle les « très peu morts », si on peut s'exprimer ainsi, parce qu'ils ne désirent que revivre là où ils ont toujours vécu pour continuer à faire ce qu'ils ont toujours fait… Ils n'ont rien de sympathique ! Le *Queen Mary* est hanté par plusieurs dizaines de ces défunts-là, incapables de quitter le navire, ce qui crée une atmosphère assez déprimante. C'est pour cela que je sors souvent me promener.

– Vous avez donc des contacts à bord avec d'autres… euh… désincarnés ?

– Pas de contacts, parce que nous ne sommes pas vraiment sur le même plan. La grande différence est que moi, j'ai demandé à retarder mon évolution par amour. Tout ce qui est motivé par de l'amour bénéficie de beaucoup d'indulgence dans l'après-vie immédiate, comme je vous l'ai déjà expliqué. Mais je peux vous assurer que le *Queen Mary* mérite vraiment sa réputation d'endroit parmi les plus hantés de la planète ! Il n'y a qu'à voir errer les fantômes de tous ces hommes d'équipage qui persistent à fulminer contre les Allemands, les Anglais et la terre entière…

– Vous parlez des naufragés du *HMS Curacoa*, le croiseur léger percuté accidentellement en 1942 par votre paquebot qui ne s'est pas arrêté pour leur porter secours ?

– Bravo ! 239 hommes ont perdu la vie sur ce croiseur, et nombre d'entre eux ont trouvé ce lâchage terriblement injuste. Incapables d'assimiler la situation, ils continuent à hanter mon navire. Il y a aussi une petite fille noyée dans la piscine, un matelot tué par accident, plusieurs suicidés, et une femme assassinée par son mari.

– C'était donc le mari, l'assassin ? Eh bien, charmante compagnie !

– Comme vous dites. Tous ces gens sont prisonniers de leur propre désespoir et, pour une raison ou une autre, refusent toute aide. Ils ne font même pas attention à moi et s'amusent à faire peur aux visiteurs qui paient pour ça. Il n'y a pas plus bête !

– Avez-vous revu ce Ron Isenberg qui a causé votre noyade ?

– Non ! J'ai juste été mis au courant de ce qui avait motivé son suicide… Il a dû passer tout de suite à autre chose ! Je crois que mon geste a fait jaillir en lui un élan de reconnaissance qui a remplacé son sentiment de désespoir, ce qui l'a libéré. La dernière pensée qu'on a avant de mourir est déterminante. Elle peut tout changer.

– Vous ne lui en voulez donc pas d'être mort jeune à cause de lui ? Et d'avoir dû abandonner la femme que vous aimez ?

– Grâce à cet homme, mon ultime acte sur terre a été celui de sauver un inconnu : ce qui est très bien noté, comme je vous l'ai expliqué. En prime, ce départ prématuré m'a évité l'angoisse de la vieillesse, et j'ai aussi pu m'offrir un mariage parfait.

– Je ne comprends pas.

– Eh bien, sans cet accident, Vera et moi nous serions mariés et aurions mené la vie d'un couple qui s'aime, c'est-à-dire, dans le meilleur des cas, une vie faite d'une alternance de joies et de soucis. Notre amour aurait probablement survécu à tout, mais en passant par des phases de grande fatigue. Au lieu de cela, nous nous sommes offert une histoire d'amour unique.

– Mais non vécue.

– Détrompez-vous ! Plutôt vécue au centuple, parce que rien n'est jamais venu la troubler. Et, d'une certaine manière, nous allons mourir main dans la main, ce qui est une chance exceptionnelle. Êtes-vous marié, Jay ?

– Euh… oui.

– Heureux ?

– Euh… non.

– Allez-vous divorcer ?

– Euh… peut-être.

– Bravo pour le vécu !

J'ai commencé à rire. Il avait raison, et ça me faisait tout drôle de constater qu'un fantôme pouvait être plus épanoui que moi. Nos échanges me plaisaient de plus en plus, et je supposais que l'inverse était vrai puisque malgré toutes ses belles paroles, il devait quand même s'ennuyer un peu.

– Je n'en ai jamais voulu à Ron Isenberg, je suis heureux de mon état, et je ne connais pas l'ennui, a-t-il ajouté, comme s'il avait lu dans mes pensées. J'accumule des connaissances, je me téléporte où je veux, et je visite Vera quand elle en ressent le besoin. Je sais aussi que je vais bientôt revoir ma famille. De plus, je me suis fait plus de relations ici qu'à Pleasantville… Quand on est vivant, on n'a pas de temps pour les autres.

– Voulez-vous dire que je ne suis pas le seul à profiter de vos visites ?

– Le seul dans votre genre.

– C'est quoi, mon genre ?

– Oh, je ne veux pas faire de discrimination, mais votre genre est celui des supposés adultes qu'on appelle normaux et qui prennent ça pour un privilège. J'en faisais aussi partie.

– Et quels sont les autres genres ?

– Les enfants en bas âge, les vieux qui ont perdu la mémoire, et les très malades de corps ou d'esprit. Ceux-là me voient comme vous me voyez, mais sans se poser de questions. On bavarde et je deviens leur seul ami, souvent l'ami de la dernière heure. Ces visites occupent une bonne partie de mon temps et me procurent de grandes satisfactions. Prenez la dame âgée qui habitait cette maison, par exemple. Eileen. Personne ne communiquait plus avec elle, pensant que c'était inutile, alors que justement, la perte de la mémoire des choses permet de faire toute la place aux émotions originelles. Lors de ma première apparition, sur ce ponton même, Eileen m'a juste souri, heureuse d'avoir enfin de la compagnie. Nous avons tenu des propos que vous pouvez appeler décousus, mais en fait, qui résumaient l'essentiel : un prénom, un endroit, le titre d'un livre, le souvenir d'un parent, le rappel d'un moment exceptionnel... Moi, je m'étais simplement présenté à elle comme mort en 1955, portant le prénom de Cliff et habitant le navire d'en face. Elle avait trouvé ça normal et attendait impatiemment mes visites. Charmante dame ! Même relation avec le petit enfant de vos voisins auquel je tiens compagnie lorsqu'il est seul. Vous n'imaginez pas combien peut s'angoisser un enfant qui se pose des questions auxquelles personne ne répond.

– Wow ! Un ange gardien doublé d'un thérapeute.

– Plutôt une présence qui tente de combler des absences. On m'a permis de ne pas m'éloigner de la femme que j'aime et je prouve ma reconnaissance en allégeant des solitudes.

– Et moi ?

– Avec vous, j'ai voulu alléger la mienne.

– Mais pourquoi m'avoir choisi ?

– À cause de la bonté que j'ai lue dans votre regard.

– C'est tout ?

– C'est *tout*.

J'ai quitté le ponton, songeur, et malgré l'heure fort tardive, j'ai appelé l'ami qui m'avait loué la maison.

– Il y a un problème ? m'a-t-il demandé, inquiet.

– Pas du tout, mais je pensais à ta mère...

– Tu ne la connaissais pas !

– J'habite quand même dans ses meubles.

– Et ça t'empêche de dormir ? Tu vas bien ?

– Oui, ne t'en fais pas ! Mais pour en revenir à ta mère, tu m'avais bien dit qu'elle avait un peu perdu la mémoire, ces deux dernières années.

– Pas qu'un peu ! Son aide-soignante nous racontait qu'elle passait des heures à s'adresser à un ami imaginaire qu'elle appelait Cliff, alors que quand je venais la visiter, elle ne me reconnaissait plus. Ça me rendait malade ! Et maintenant, donne-moi le motif de ton coup de fil. Si c'est pour partir à la fin du mois, pas de problème, parce que…

– En fait, je voudrais rester un an de plus !

10

On était le 9 février et je n'avais déménagé de chez moi que depuis quarante jours, alors que j'avais l'impression d'avoir quitté Ginger depuis une éternité ! Ma vie courait tellement vite que je n'arrivais plus à la suivre, mais je devais reconnaître que beaucoup de positif m'était tombé dessus depuis Noël : la campagne du Zinfandelice faisait des jaloux parmi nos confrères ; j'avais un nouvel ami que je trouvais tout à fait charmant, quoique défunt ; je pouvais de nouveau pratiquer mon français avec ma sœur ; j'avais renoué avec une amie d'enfance.

Cerise sur le gâteau : j'allais bénéficier de courtes vacances puisque Dee Dee avait décidé de faire un saut à Louisville pour ramener ses trois chats.

– Je me demande dans quel état je vais les retrouver ! Je n'ai jamais eu confiance en ce Timothy Pains, m'a-t-elle avoué, ce matin, en affichant un air soucieux.

– Vous vous connaissez depuis longtemps ?

– Depuis que je me suis installée là-bas, donc une quinzaine d'années à peine. Il est vrai qu'avant cela, ses parents fréquentaient nos grands-parents, mais ça ne veut rien dire… Je suis quand même obligée d'aller le voir pour récupérer mes chats, pour qu'il m'explique où il en est avec ma compagnie d'assurance, qu'il me montre ce qu'il a pu sortir d'intact des décombres de ma maison et qu'il me remette l'argent de ma voiture qu'il a proposé de racheter. Pourquoi tu me regardes comme ça ? s'est-elle inquiétée en me voyant écarquiller les yeux au fur et à mesure qu'elle citait tous les services rendus par ce pauvre Timothy Pains.

– Il a quel âge, ce monsieur ?

– Cinquante-deux ans.

– Tu lui offriras une grande boîte de Zinfandelice de ma part en l'assurant de toute mon admiration.

J'ai accompagné Dee Dee à l'aéroport, le sourire aux lèvres. Pendant son absence, j'allais pouvoir inviter Connie chez moi sans la bourrer de crêpes, passer tranquillement une soirée ou deux avec un défunt sans risquer des rappels à l'ordre pour rentrer manger une soupe ou mettre un pull sur mes épaules, et poursuivre la lecture de mes livres sur le paranormal sans m'entendre dire que cela pouvait nuire à mon esprit publicitaire.

Cohabiter avec ma sœur, c'était comme parcourir une longue distance en voiture : les haltes sur les aires de repos étaient indispensables pour tenir la route !

– Je vais revenir avec des housses pour protéger les tissus des canapés, m'a-t-elle informé au moment où je lui souhaitais bon voyage, devant son terminal.

– Qu'est-ce qui te fait penser à ça maintenant ? me suis-je étonné.

– Je te rappelle que la semaine prochaine, nous serons cinq à la maison.

– Avec tes chats ?

– Évidemment ! Tu crois que je vais là-bas pour te ramener trois sans-abris ?

– Mais tu ne leur as pas fait une…

– Onyxectomie ? Tu es fou !

– …

– C'est le nom qu'on donne au dégriffage des chats, et *jamais* je ne leur ferais une chose pareille ! Mais je leur coupais les griffes régulièrement et je plaçais des griffoirs dans chaque pièce. J'avais aussi un stock de protège-griffes de toutes les couleurs. Très joli !

– Alors, où est le problème ?

– Eh bien, rien n'a jamais marché. Te souviens-tu du tissu rose indien en soie avec les paons brodés au fil d'or ? Celui qui recouvrait les fauteuils de grand-mère et que tu adorais quand tu étais petit ? Eh bien, ce tissu est mort. Enfin, disons qu'à cause des chats, il n'y avait plus de tissu ! L'avantage de savoir qu'ils ont péri dans l'incendie, c'est que ma peine de les voir aussi abîmés s'est envolée. Imagine à quel point je les aurais regrettés s'ils avaient brûlé en bon état !

– Bon Dieu, Dee Dee, je suis en location ! Laisse tes chats où ils sont.

– Impossible ! On est en février, et leurs miaulements rendent fou Timothy Pains qui m'a suppliée au téléphone de venir les reprendre. « Tolérance 0 » est son second prénom.

– Mais tu ne leur as pas fait une…

– Stérilisation ? Tu as perdu la tête ! Ce sont trois mâles, et *jamais* je ne leur ferais une chose pareille ! Est-ce que ça t'aurait plu, à toi, qu'on t'empêche d'avoir Antoine ?

Sur le chemin du retour, j'ai décidé de m'offrir un déjeuner qui avait été mon préféré pendant longtemps, mais que Dee Dee m'interdisait d'apporter à la maison sous prétexte qu'il pouvait me tuer, à savoir le sandwich numéro 37 d'Olives Gourmet Grocer et le K2 Sasha's Way, dont le nom barbare cachait trois donuts en étage scellés avec du caramel, bourrés de crème, et couverts de fraises et de sucreries. Je suis ensuite rentré à la maison avec mes précieux sacs en papier, heureux comme un enfant qui s'échappe de son école pour aller faire la dînette dans un pré. Il faisait beau et j'avais l'intention de déguster mon repas en solitaire au bord de l'eau.

Une fois chez moi, j'ai pris plaisir à dresser la petite table posée au bout du ponton avant d'insérer dans mon ordinateur un CD de Engelbert Humperdinck qui traînait sur une étagère. Puis je me suis installé en soupirant d'aise en face de mon déjeuner défendu avec un verre de Zinfandel à la main. *Lonely is a man without love…*, chantait Humperdinck, mais moi, je ne me sentais pas seul du tout ! Je n'étais qu'un homme en train de décompresser.

– Bonjour ! a soudain lancé Cliff Cloud, surgi de je ne sais quel côté et s'apprêtant à s'asseoir à ma table.

Sursautant, je l'ai fixé avec des yeux ronds, déconcerté par sa subite apparition. J'étais pourtant certain qu'il ne pouvait me visiter que le soir.

– Vous ne vous attendiez pas à me voir en plein jour, n'est-ce pas ? D'où vient donc la certitude que les esprits ne peuvent roder que la nuit ? Me concernant, je suis un fan de la lumière du soleil. Mais le fait est que les gens de la terre sont constamment occupés pendant la journée et ne se libèrent que la nuit, obligeant les esprits qui veulent attirer leur attention à patienter jusqu'à ce moment-là. Moi, j'ai vu que vous étiez libre maintenant, et me voilà ! Votre sœur n'est pas là ?

– Rentrée chez elle pour une semaine.

– Parfait ! On va en profiter. Il faut dire que j'ai la chance d'avoir une vue plongeante sur votre ponton. Alors, quand je vous vois perché dessus comme un pélican solitaire, je fonce pour vous tenir compagnie.

– Prenez place si ça ne vous embête pas de me voir manger.

– Ça ne me tente même pas ! En revanche, j'aime beaucoup la chanson que vous êtes en train d'écouter. À force d'attendre Vera, je deviens de plus en plus romantique.

– C'est une chanson des années soixante.

– Celles-là, je les ai ratées de peu.

– Moi aussi, mais dans l'autre sens. Quels étaient vos titres préférés ?

– Eh bien, en 1955, je n'arrêtais pas de chantonner *Love is a Many Splendored Thing*, *Autumn Leaves* et *Cherry Pink and Apple Blossom White*.

– Quelle coïncidence ! Mon père adorait les deux dernières, parce qu'à l'origine, ce sont des chansons françaises, et que nous sommes des DuPont.

– Eh bien, je vais vous faire plaisir… Moi, j'ai vécu à Saint-Martinville, en Louisiane, jusqu'à l'âge de vingt-deux ans, et ma mère s'appelait Annette Lerose.

– Quel joli nom !

– Je viens donc du pays d'Evangeline.

– …

– Si vous ne connaissez pas Henry Longfellow, je me dématérialise tout de suite !

– Vous me prenez pour qui ?

– Alors, vous devez savoir qu'*Evangeline* est un poème qu'il a écrit pour rappeler le drame de la déportation des Acadiens en 1755.

– Ça me dit quelque chose.

– Encore heureux ! Ce poème est composé de mille quatre cents vers et a produit un effet retentissant en Amérique du Nord et en Europe. Il raconte l'histoire d'Evangeline Bellefontaine : une jeune fille cruellement séparée de son fiancé, Gabriel Lajeunesse, lors de la déportation de Grand-Pré, en Nouvelle-Écosse. En 1929, un film sur son histoire avait été tourné à Saint-Martinville où on lui avait érigé une statue.

– C'est une histoire vraie ?

– Non, mais elle s'est mal terminée quand même puisqu'à la suite de cette déportation qui a déchiré les familles, le père d'Evangeline meurt de chagrin, Grand-Pré est incendié, et Evangeline, séparée de Gabriel, le recherchera toute sa vie. Elle finira par le retrouver à Philadelphie parmi les mourants d'un hospice et lui baisera les lèvres avant qu'il ne meure dans ses bras. Henry Longfellow avait été à ce point touché par cette histoire de fidélité qu'on lui avait racontée qu'il passera deux ans à en rédiger un poème. Grâce à lui, Grand-Pré est devenu le lieu symbolique de la déportation des Acadiens, et les touristes accourent à Saint-Martinville pour admirer le chêne d'Evangeline : site de l'une des scènes de ce poème traduit dans la plupart des langues. Plus de deux cent cinquante artistes se sont inspirés de son Evangeline pour composer leurs œuvres.

– Comme Pocahontas, Mulan ou le Roi Lion.

– Je ne connais pas.

– Ce sont les rejetons du marketing à l'américaine. Je plaisantais. Mais pourquoi me racontez-vous tout ça ?

– Eh bien, Vera et moi avions inauguré l'année 1955 par un séjour en Louisiane où j'avais ma famille et tous mes souvenirs d'enfance. Comme cette année était aussi celle du bicentenaire de la déportation des Acadiens, il y avait eu de nombreuses festivités à Saint-Martinville, et c'est là-bas, sous le chêne d'Evangeline, que nous nous sommes juré un amour éternel, a conclu Cliff avec les larmes aux yeux. Ne vous étonnez pas qu'au bout de soixante-sept ans, mon émotion soit intacte ! Un défunt qui pense à ses moments passés sur terre les revit au présent avec les émotions qui vont avec. Et maintenant, je vais vous laisser terminer tranquillement votre déjeuner en vous confiant ces quatre vers de Longfellow :

Enterrons sa dépouille au bord des vastes mers ;
Et si nous revenons après de longs hivers
Nous pourrons transporter son corps au cimetière
Et planter une croix sur sa froide poussière !

– Des vers d'*Evangeline*, je suppose.

– Oui. Ceux qui touchent le plus Vera, parce qu'ils se sont avérés prémonitoires pour elle… Nous disions que notre amour était aussi fort que celui d'Evangeline et Gabriel, et ma noyade a fait que nous sommes devenus eux.

– Savez-vous que, malgré votre fin tragique, je vous envie ? Moi, au bout de dix-huit ans de mariage, ma femme m'a échangé contre un énergumène de trente ans venu s'installer avec sa moto dans la maison délabrée d'à côté, et qui l'a convertie aux robes rose bonbon et aux petits déjeuners composés de lait à la banane et de Kellogg's Frosties. Cela a eu pour conséquence, entre autres, celle de me faire habiter avec une sœur aînée, qui m'en veut d'avoir été plus gâté qu'elle par nos parents, alors que je la laissais prendre les sucettes à la framboise bleue de tous mes sachets Dum Dums et les donuts couverts de vermicelles multicolores que papa nous achetait chez Blue Star. Et sur le ponton de cette maison où ma sœur a remplacé mon épouse, j'ai fait la connaissance d'un fantôme bien dans sa peau qui me raconte qu'une femme qu'il n'a même pas eu le temps d'épouser l'attend depuis soixante-sept ans !

– Ha ! Ha ! Je n'échangerais pas ma place contre la vôtre.

***

– Comment ça va, chez toi ? a hurlé Dee Dee au téléphone, ce matin, alors qu'elle n'avait quitté Long Beach que depuis vingt-quatre heures.

– Rien n'a changé depuis ton départ.

– Ça m'embête de te laisser seul, parce que tu vas en profiter pour manger n'importe quoi à n'importe quelle heure, inviter chez nous la scintillante Connie Conboy, et passer tes soirées à parler tout seul sur le ponton comme un vieillard timbré.

– Je ne parle pas seul, mais me récite des slogans publicitaires en rapport avec le scénario d'un nouveau spot. C'est ma manière de travailler.

– À d'autres ! Mais à ta décharge, il faut dire que dix-huit ans vécus aux côtés de Ginger Owl ne pouvaient que provoquer chez toi pas mal de dégâts.

– Tu m'appelles pour me débiter ça ?

– Je t'appelle pour t'annoncer que je suis bien arrivée et que, contrairement à ma crainte, mes trois chats vont très bien. Finalement, ce Timothy Pains n'est pas si mal que ça ! Il sait même préparer d'excellents petits déjeuners, bien qu'à mon avis, ses lamelles de lard gagneraient à être plus croustillantes. Enfin, chacun ses goûts ! C'est lui qui est venu me chercher à l'aéroport, comme convenu, et j'ai accepté son invitation d'hébergement parce qu'il a une grande maison et trouvait poignant qu'une sinistrée soit obligée de loger dans un hôtel situé à quelques *miles* seulement de sa maison incendiée.

– Je croyais que tu fréquentais très peu ce voisin que tu n'appréciais pas.

– C'est du passé, parce qu'en arrivant chez lui, il s'est précipité pour me montrer la boîte à musique en métal rose de maman, tu sais, celle avec une danseuse dedans. Il l'a retrouvée presque intacte après avoir fouillé les décombres de ma maison. Ça m'a fait énormément plaisir. Et quand j'ai constaté que mes trois chats étaient en excellente condition, bien qu'il m'avait prévenue qu'il n'aimait que les chiens, je me suis dit que ce monsieur gagnait à être connu. Et puis, physiquement, il ressemble à Burt Reynolds, lequel, comme tout le monde sait, a été très amoureux de Sally Field. Mais Reynolds est mort en 2018, alors que Timothy n'a que cinquante-deux ans, ce qui est positif.

– Je ne comprends rien à ce que tu me racontes… On en reparlera vendredi.

– Je vais reporter mon retour de quelques jours, parce que Timothy et moi avons pensé qu'il serait bon de donner aux chats un peu de temps pour se réhabituer à leur maîtresse.

– Tiens ! Serais-tu intéressée par ce monsieur ?

– Tu es fou ? Je ne le connais même pas !

Cette conversation téléphonique avec Dee Dee m'avait mis de bonne humeur, parce qu'elle ouvrait deux perspectives sympathiques : le prolongement de mes mini vacances et l'espoir de voir ma sœur enfin attirée par un homme.

On était le dimanche 13 février, et j'ai appelé Antoine pour lui annoncer ces bonnes nouvelles et lui proposer qu'on mange ensemble. Ce soir, le Super Bowl se déroulait à Los Angeles, et mon fils et moi étions probablement les seuls Américains à nous ficher du football en particulier et des évènements sportifs en général. Ma femme nous traitait d'extraterrestres. Ce Super Bowl 2022 allait être le plus *hot* de l'histoire puisqu'une vague de chaleur hivernale s'était abattue sur la Californie, avec une température dépassant les 32 degrés.

– Il va faire chaud partout, ce soir, et spécialement au SoFi Stadium d'Inglewood... Veux-tu qu'on s'échappe pour dîner au frais quelque part ? ai-je suggéré à Antoine.

– Grandiose, d'autant plus que maman organise une soirée télé à la maison. Au menu : de la cuisine éthiopienne de chez Awash. *Lui* adore ça. Moi, je déteste. Pourquoi tu rigoles ?

– On va alors se changer les idées en mangeant américain.

– Grandiose ! a-t-il répété.

– Que dirais-tu d'aller chez Sir Winston's ? C'est le restaurant gastronomique du *Queen Mary*.

– Mais c'est en face de ta maison ! s'est-il étonné. Tu veux te changer les idées en mangeant à une table qui a vue sur ton ponton ?

– Cet établissement est connu pour l'excellence de ses desserts, ai-je répondu avec désinvolture alors que je n'en savais rien.

11

« Grandiose ! » s'est exclamé mon fils en entrant au Sir Winston's, et cet adjectif qu'il lançait à tout bout de champ comme une balle attachée par un élastique à son poignet était cette fois justifié.

Tout était d'époque dans ce restaurant qui avait été celui de la première classe du *Queen Mary*, ce qui offrait l'impression d'être les hôtes de Zelda et Scott Fitzgerald. La salle était entièrement habillée du même velours marron que celui d'une vieille boîte à bijoux, et on nous a installés à une table qui avait vue sur mon ponton.

– Tu veux qu'on en demande une autre ? m'a suggéré Antoine. Il y en a qui donnent seulement sur l'océan.

– Celle-là me convient parfaitement ! Ça me plaît de voir qu'on peut payer pour manger à une table qui donne sur ma maison, alors que chez moi, je mange gratuitement à une table qui a vue sur le *Queen Mary*.

Mon fils s'est esclaffé avant de se concentrer sur son menu. Nous avons commandé des huîtres à la Rockefeller, suivies d'un chateaubriand pour deux à la sauce périgourdine, accompagné d'une bouteille entière de Zinfandel St Francis. Comme dessert, je me suis offert le soufflé Sir Winston's au chocolat noir et Grand Marnier, alors qu'Antoine a préféré opter pour le cheese-cake bourbon caramel. Nous avons mangé sans parler, savourant les plats autant que notre besoin de décompresser, le séjour avec ma sœur m'ayant usé et mon fils ayant été perturbé par mon départ de la maison, quoi qu'il en dise. Ce n'est qu'avec l'arrivée du café que nous avons commencé à bavarder. J'avais choisi de siroter un Million Dollar Coffee à base de Baileys, de Kahlua, et de Frangelico.

– Payer quinze dollars pour un café qui en vaut un million est un rapport qualité-prix imbattable, ai-je plaisanté avec Antoine, la tête menaçant dangereusement de tourner à cause de la bouteille de vin que j'avais presque terminée.

– Oublie ce café et dis-moi pourquoi tu as choisi de manger dans ce restaurant, m'a demandé Antoine d'un air soucieux. Je persiste à trouver cette idée étrange… Me caches-tu quelque chose ?

– Qu'est-ce que tu vas chercher là ? J'ai juste voulu nous organiser un bon repas.

– Ce paquebot flotte à Long Beach depuis quelle année ?

– 1967.

– Et c'est la première fois qu'on vient manger ici ! Je ne quitterai pas cette table avant que tu m'expliques ce qui te rend un peu bizarre ces derniers temps.

Le déjeuner avait été excellent, le Zinfandel me montait de plus en plus à la tête, et il y avait peu de personnes attablées autour de nous à cause du Super Bowl, alors je me suis laissé aller à parler de Cliff Cloud : un secret que je m'étais promis de ne partager avec personne.

« Tu vas me croire cinglé et je m'en fiche ! » ai-je averti mon fils avant de tout lui raconter sur mes rendez-vous clandestins avec un fantôme nonagénaire qui paraissait le tiers de son âge et résidait depuis 1955 sur ce même paquebot où nous étions en train de dîner. Un « revenu » qui me rejoignait depuis plus d'un mois sur ce ponton en face duquel nous étions attablés, qui était publicitaire comme moi, amoureux comme je ne l'avais jamais été, et qui était en passe de devenir le meilleur ami que j'ai jamais eu.

– …

– Vas-y ! Je peux tout entendre !

– Gran… diose…, a juste commenté Antoine en écarquillant les yeux.

À la place de mon fils, ma sœur m'aurait supplié de consulter un psychothérapeute, ma femme aurait cherché un moyen de profiter de mon désordre mental pour me faire signer la vente de la maison en sa faveur, et mes associés m'auraient proposé un congé à durée indéterminée.

– Merci d'avoir eu une réaction aussi cool, ai-je poursuivi, touché par la bienveillance dont faisait preuve mon fils. Mais avoue-moi franchement ce qui te passe par la tête ! Penses-tu que cohabiter avec ta tante m'a fait délirer ? Que la séparation d'avec ta mère m'a déstabilisé ? Ou que je te raconte n'importe quoi pour te faire marcher ?

– Je pense seulement que tu as beaucoup de chance.

J'ai souri. J'avais un fils formidable.

– Et si on parlait aussi de maman ? a-t-il enchaîné après un silence méditatif que je n'ai pas voulu troubler.

– Ce n'est pas de circonstance, à moins que tu n'aies quelque chose à me dire.

– Ça ne va plus avec lui.

– Il t'embête ?

– Non, non, avec moi, c'est OK. Il est imbattable en jeux vidéo. C'est avec maman que ça ne va plus.

– Déjà ?

– Quoi qu'il fasse, elle lui dit que tu aurais fait mieux. Elle truffe ses phrases de mots français et l'engueule parce qu'il ne les comprend pas. Elle a inventé un jeu qui consiste à lui lancer au hasard le nom d'un produit de consommation courante en lui donnant vingt secondes pour citer le slogan publicitaire qui va avec. Chaque fois qu'il ne trouve pas, elle le traite d'inculte.

– J'en conclus que ce type est passé de mode, alors que je suis redevenu au goût du jour.

– Je pense qu'il ne va pas tarder à retourner chez lui. Accepterais-tu de revenir à la maison, si maman te le demandait ? Ou au moins, d'y réfléchir ?

– Ce n'est pas aussi simple que ça… Et n'oublie pas que, maintenant, j'ai des attaches à Long Beach.

– Tante Dee Dee va finir par rentrer dans le Colorado, non ?

– Je ne parlais pas d'elle, ai-je répondu à Antoine en souriant.

***

J'ai passé la semaine à travailler tranquillement. Jack, Jude et moi étions très contents de la campagne publicitaire du Zinfandelice, dont on commençait à parler. Pari gagné sur un budget qui nous avait coûté des dizaines de nuits blanches. Notre client était tellement satisfait qu'il comptait nous confier la promotion de ses vins, et Challenge, notre agence de publicité, ne s'était jamais aussi bien portée !

Chaque soir, une fois mes associés rentrés chez eux, je me commandais un hamburger à étages, ou un énorme hot dog new-yorkais à la choucroute, ou une montagne d'ailes de poulet épicées au lance-flamme, trois menus que ma sœur avait bannis de mon assiette, et je m'installais confortablement devant la télévision avec une bouteille de bière glacée à la main et les pieds sur la table. Je me sentais aussi libre qu'un homme fraîchement divorcé et sans sœur à domicile. Après le dîner, je me mettais au lit avec ma pile de livres, non sans avoir jeté un coup d'œil à l'extérieur pour m'assurer que Cliff n'était pas là. J'avais même pensé inviter Connie pour me tenir compagnie, mais le cœur n'y était pas. L'histoire d'amour de Cliff et Vera, ou encore celle d'Evangeline et Gabriel, m'obsédait, parce qu'elle montait en épingle la pauvreté de ma propre vie sentimentale. Ce satané fantôme m'avait ramené au romantisme de mes seize ans et m'y avait enfermé.

– Je rentre le 24 ! a crié Dee Dee ce soir au téléphone, et j'ai calculé, déçu, qu'il ne me restait que quarante-huit heures de vacances.

Ces quelques jours étaient passés à une allure folle !

– Donne-moi ton heure d'arrivée, lui ai-je demandé en soupirant discrètement.

– Ne sois surtout pas en retard, parce que les chats auront hâte de se reposer à la maison.

– Tu les ramènes tous les trois ?

– Là, tu touches un point sensible. Ce qui est triste, c'est qu'il fut un temps où l'on pouvait voyager avec son animal préféré dans les bras, dans le cas où cet animal était qualifié de « soutien émotionnel ». Maintenant, il faut mettre son « soutien » dans une cage glissée sous le siège avant. On m'a dit que ces restrictions ont été imposées après que des personnes ont souhaité être soutenues émotionnellement par des serpents, des perroquets, et même des chevaux miniatures. Cela ne m'aurait pas embêtée si j'avais eu le droit de chercher les trois chats ensemble… Mais là aussi, restrictions ! Le racisme animalier est peut-être mieux caché chez nous qu'ailleurs, mais il est bien là. Je serai donc obligée de voyager avec un chat ou deux, en payant cent vingt-cinq dollars pour le second ou en réservant le siège avant, je ne sais pas encore. Le troisième chat restera provisoirement chez Tim.

– Tant mieux.

– Peut-être. L'avantage est qu'il lui tiendra compagnie, parce que perdre les trois d'un coup, et moi avec, ce ne sera pas facile pour lui.

– J'ai l'impression que tes liens avec ton voisin se sont encore resserrés.

– Pourquoi tu dis ça ?

– Eh bien, tu viens de l'appeler Tim, alors qu'à Long Beach, il t'arrivait de l'appeler Timothy Painful au lieu de Timothy Pains.

– Je ne faisais pas attention.

– Moi, si.

– Tu vois le mal partout !

J'ai raccroché en souriant et, revigoré pour je ne sais quelle raison, je me suis servi un Jim Beam au miel que je suis sorti siroter sur le ponton. Quelques minutes plus tard, Cliff Cloud me rejoignait.

– J'espérais justement profiter de votre compagnie, ce soir, parce que ma sœur ne rentre que dans deux jours, l'ai-je accueilli avec un ton empreint de gaité.

– Grandiose !

Frappé de stupeur, je l'ai fixé, coupé dans mon élan de joie de le retrouver. Cet adjectif sonnait bizarrement dans sa bouche.

– À propos, vous buvez trop de café.

– Ne me dites pas que…

– Évidemment que je vous ai vu au Sir Winston's ! Vous étiez mon hôte, en quelque sorte. Et j'ai trouvé votre fils parfait, sauf dans le choix de ses desserts, parce que votre soufflé au chocolat noir et Grand Marnier valait deux fois son cheese-cake bourbon caramel.

– Vous étiez vraiment là ?

– Assis à votre table.

– Je croyais que le respect de la vie privée était un de vos principes et que vous ne vous imposiez jamais à Vera.

– Le fait est que vous avez invité votre fils à bord du *Queen Mary* à cause de moi. J'étais donc dans votre tête durant tout le dîner et dans votre conversation après le café. Or, lorsque la pensée est tout entière dirigée vers un être absent, elle agit comme un rayon laser, et cette concentration d'ondes attire l'absent, qui se manifeste. C'est évident.

– Pour vous, peut-être.

– Ça peut aussi arriver entre vivants, quoique beaucoup plus rarement. Ce sont des bilocations. Bref ! Tout cela pour vous dire que je n'ai pas exprès manqué de discrétion. Et merci d'avoir parlé de moi à Antoine ! C'est la première fois en soixante-sept ans que je me retrouve au cœur d'une conversation normale entre deux vivants.

– Je ne crois pas qu'on puisse appeler cela une conversation « normale » dans ce contexte, mais heureux de vous avoir fait plaisir.

– Maintenant que les choses sont claires, laissez-moi vous parler de Vera pendant que vous sirotez votre… Bourbon ?

– Jim Beam.

– Ha ! Ha ! « No finer whiskey in all this world » ! Cette marque a été créée en 1795 et je peux vous énumérer la plupart de ses slogans.

– Chiche !

– Avec Vera, un de nos jeux préférés était de nous remémorer, tour à tour, les slogans publicitaires d'une marque quelconque. Celui qui séchait le premier devait offrir un cadeau au gagnant. C'est après avoir été le dernier à trouver un slogan pour le Parfait Amour de Bols que je l'ai demandée en mariage.

– Encore un point commun entre nous ! Sauf que ma femme a fini par ne plus supporter de m'entendre coller des slogans sur tout ce qui se consomme, alors qu'au début de notre mariage, elle considérait ça comme charmant. Elle m'a sérieusement expliqué que les mêmes raisons qui l'avaient poussée à m'épouser l'incitaient maintenant à me quitter, parce que le temps qui passe use les qualités qui séduisent, jusqu'à les transformer en défauts irritants. Pour échapper à cette usure, elle s'est donc choisi un petit ami qui possède déjà ces défauts-là. Et ne riez pas !

– Elle ne peut quand même pas avoir voulu vous quitter pour ça !

– Si. Et pour quelques autres bêtises du même acabit et dont la somme a fait *qu'elle ne m'aime plus comme avant*, comme si j'étais un costume de chez Giorgio Armani longtemps apprécié, mais passé de mode. Remarquez que le nouveau petit ami vient de passer de mode, lui aussi, et pour la simple raison *qu'il ne fait rien comme moi*... Essayez donc d'y comprendre quelque chose ! Lui, en revanche, me fait penser à un t-shirt de chez Gap, parce qu'il n'a duré que quelques mois, contre dix-huit ans pour moi. Arrêtez de rire ou je me fâche, car votre histoire d'amour éternel et votre fiancée parfaite commencent à écorner ma sérénité. Jouons plutôt à celui qui trouvera le plus grand nombre de slogans Jim Beam. J'ai adoré ce jeu.

– Très bien, mais vous êtes battu d'avance ! N'oubliez pas que je suis publicitaire depuis bien plus longtemps que vous…

– Mais moi, je suis toujours en exercice ! Je vous laisse la main.

– « All I need is Jim Beam and my dog. » C'est mon préféré.

– « Serving the United States of America for 181 years. » Soyons nationalistes !

– « Blood runs deep. Bourbon runs deeper. » Qui dit mieux ?

– Moi, je dis : « King Kong Cocktail. »

– Et moi : « The USA is nineteen years older than Beam. » Je suis plus nationaliste que vous !

– Ha ! Pas du tout ! « Colombus didn't ask for directions. »

– Hmmm… « It's on the tip of my tongue ! »

– Vous avez perdu.

– C'est aussi un slogan !

– Ah ! Euh…

– Trop tard ! J'ai gagné ! a-t-il triomphé. Je peux donc vous demander ce que je veux.

– Allez-y, lui ai-je répondu, énervé de m'être fait battre par un publicitaire défunt alors que j'étais encore opérationnel.

– *Real friends. Real Bourbon.*

– C'est encore un des slogans de Jim Beam !

– Oui, mais le jeu est fini. Là, j'émets un souhait.

– *Real friends !* ai-je juré en lui levant mon verre de Bourbon que j'ai ensuite terminé d'un trait.

– Qu'est-ce que c'est bon, après toutes ces années, d'avoir un ami vivant et qui vous comprenne…

– Je vous présenterai même Antoine ! me suis-je exclamé dans un élan d'enthousiasme.

– Vera et moi avions choisi d'appeler notre premier garçon Tony, a-t-il soupiré, comme votre fils.

– En fait, le mien se prénomme *Antoine*. Ma femme était contre, parce que c'est imprononçable en anglais, mais moi je trouvais qu'Antoine DuPont, ça faisait chic.

– Et votre fils ne s'en plaint pas ?

– Non, parce que tout le monde le surnomme Tony, sauf sa tante et moi.

– Ha, ha !

– Ce n'est pas parce que nous sommes officiellement amis que vous pouvez vous moquer de moi ! Reparlez-moi plutôt de Vera…

– *Esprit mystérieux, reprend ton noble essor !*
– *Guide-moi de nouveau, je veux la suivre encore !*
– *La suivre par le monde où, seule, elle est allée,*
– *Comme le voyageur, le long d'une vallée*
– *Suit le cours sinueux d'un rapide ruisseau.*
– *Loin des bords, quelquefois, il voit la nappe d'eau*
– *Resplendir au soleil à travers la verdure ;*
– *Quelquefois, près des bords il entend son murmure*
– *Et ne la voit point fuir sous l'épais arbrisseau :*
– *Ainsi je la suivrai jusqu'à son tombeau !*
– *Evangeline*, évidemment…

– Vera a retenu des couplets entiers de ce poème qui est devenu le symbole de notre amour, et elle se rend sur le port de New York chaque 28 décembre, munie d'un exemplaire d'*Evangeline* qu'elle jette à l'eau en me souhaitant d'être en paix, où que je sois, et en m'assurant qu'elle m'aimera toujours.

– Chaque fin d'année depuis soixante-sept ans ? Et vous la voyez faire ?

– Bien sûr ! Tout comme vous fêtez votre anniversaire de naissance, les défunts célèbrent celui de leur départ, et quand ils peuvent le faire en communion avec les vivants qui les aiment encore, c'est une bénédiction. Alors, année après année, retrouver Vera sur le port qui m'a vu partir, pressant contre son cœur ce poème qu'elle jettera dans les mêmes eaux où je me suis noyé, est un bonheur sans nom. Et maintenant qu'elle ne peut plus se déplacer seule, elle se fait accompagner par Merle, sa nièce : une fille charmante.

– …

– Vous ne dites rien ?

– Que voulez-vous que je dise sans me répéter ? Que je suis jaloux d'un ami qui est aimé comme je ne l'ai jamais été et qui est même un meilleur publicitaire que moi ? Et ne me dites pas que vous avez l'excuse d'être mort ! Vous donnez l'impression que c'est un avantage supplémentaire.

– Un avantage qui m'a permis de retenir les mille quatre cents vers d'*Evangeline* en y jetant un simple coup d'œil.

– Merde ! Moi, j'ai déjà oublié ce que j'ai mangé hier soir.

– Je vous ai vu attaquer un seau entier de Kentucky Fried Chicken arrosé de trois bouteilles de Michelob. Heureusement que votre sœur arrive après-demain.

12

« *Depuis que les humains se savent mortels,*
ils ont du mal à être tout à fait décontractés. »
Woody Allen

Dee Dee est finalement rentrée à la maison avec ses trois chats, ce qui a sonné le glas de mes courtes vacances. Il a fallu courir pendant une demi-journée pour acheter plusieurs sacs de croquettes (poulet-carottes, viande-légumes, et saumon), quinze kilos de litière parfumée à la lavande, des housses pour canapé, sans oublier un griffoir à étages qui avait la taille d'un enfant de dix ans.

Je ne pouvais pas dire que je détestais les chats, étant un ami inconditionnel de tous les animaux, mais ma très grande préférence pour les chiens m'avait fait souffrir tout l'après-midi.

Une fois les achats terminés et les chats installés, je me suis préparé à cohabiter avec les trois matous dans un climat de neutralité positive, comme promis à ma sœur.

– La porte d'entrée devra rester fermée jour et nuit, m'a-t-elle prévenu.

– Comme toujours.

– Plus que toujours ! Tu reprendras leurs clés à Jack et Jude, qui n'utiliseront plus que la sonnette, et c'est moi qui leur ouvrirai la porte. Cela va beaucoup me déranger, mais je le fais pour toi, parce que si un de mes chats s'échappe et se fait écraser, je t'en ferai supporter l'entière responsabilité.

– Ah !

– Et ne crois pas que ce que tu ressens m'indiffère ! Je sais très bien que tu n'es qu'un homme à chien et j'apprécie tes efforts. Je te demanderai uniquement d'être un peu tolérant lorsque tu verras l'un des chats sauter sur ta table de travail, voler quelque chose de la cuisine ou se faire les griffes sur ton tapis de souris en mousse. Moi, je ne les ai jamais tapés et je t'interdis de le faire. On ne tape même plus les enfants, de nos jours…

– Bordel, Dee Dee ! En m'imposant ces trois créatures, tu multiplies les dégâts par trois !

– Très juste. D'ailleurs, ils avaient détruit ma maison avant qu'elle ne brûle.

– Mais alors pourquoi…

– As-tu seulement pensé qu'un jour ou l'autre, on me retrouvera morte ?

– Bon Dieu ! Tu as un problème de santé ?

– Celui d'être plus âgée que toi.

– Ridicule.

– Tu trouves que mourir est ridicule ?

– Je n'ai pas dit ça ! Et quel rapport avec les chats ?

– Eh bien, en plus de devoir mourir, je vis seule. Je pense donc beaucoup, surtout la nuit ; je réfléchis donc beaucoup, surtout les jours d'anniversaire ; j'angoisse donc beaucoup, surtout quand j'apprends que des gens sont morts, ce qui arrive partout à longueur de journée, même à Louisville.

– Je n'ai jamais senti que tu…

– Parce que ta cohabitation avec Ginger Owl t'a rendu insensible à tout ce qui concerne ta sœur. Bref ! Être entourée de chats est la seule chose qui me fait oublier ma finitude. Ces petits êtres souples qui bondissent partout comme des lutins, qui s'endorment sur mon lit comme des anges et qui sont capables de rester immobiles des heures entières avec le regard fixé sur un ailleurs qu'on ne voit pas, comme des sphinx, m'empêchent de tourner en rond comme une toupie en me posant des questions existentielles. Tu ne penses pas à ta mort, toi ?

– Euh… J'y ai pensé une fois ou deux.

– Quelle négligence !

– Mais comme tu le sais, j'ai lu beaucoup de livres sur le sujet.

– Balivernes. Tes livres ne parlent que de papotages avec les défunts, alors que moi, je te parle d'une chose sérieuse. Tu n'es qu'un doux rêveur, tout à fait capable de penser que mourir te fera seulement passer du statut de publicitaire en exercice à celui de publicitaire d'outre-tombe. Un gentil fantôme qui viendrait hanter cette maison, si j'y suis encore, pour me reparler de la campagne du Zinfandelice. Ha ! Ha ! Mais pourquoi tu fais cette tête ? C'est moi qui vais mourir en premier, et dans une totale solitude… D'où l'utilité des chats.

Deux semaines après leur installation chez moi, les matous passaient une partie de la journée couchés à mes pieds, et toute la nuit endormis sur mon lit. Dee Dee n'y comprenait rien et moi non plus. Elle se sentait blessée sans me le montrer, alors que j'en étais stupidement flatté. Où va se nicher l'amour propre ?

– Cette situation me déprime, finit-elle par m'avouer. Ce n'est pas que je ne t'aime pas, mais ça me fait perdre confiance en moi.

– Rien à voir avec toi ! On peut seulement en conclure que les chats sont des animaux capricieux et lunatiques.

– Quand je serai prête à rentrer dans le Colorado, je te les laisserai.

– Il n'en est pas question.

– J'aurais dû les laisser chez mon voisin.

– Tout à fait ! Mais ils te manquaient trop.

– En fait, c'est lui qui me manquait, et j'avais besoin d'un prétexte pour le revoir.

– Quoi ?

– Et si j'avais réfléchi, je n'aurais ramené avec moi qu'un seul chat. Il me serait alors resté deux autres prétextes pour retourner là-bas. Maintenant, c'est fichu.

– Pas du tout ! Si cet homme te plaît, il ne faut absolument pas le laisser filer. Pour te faire oublier ta finitude, un homme vaut mille chats. Ah, comme ce que tu me racontes fait plaisir… Ma sœur, enfin amoureuse ! Dieu soit loué !

– Du calme. Je viens de perdre les trois raisons que j'avais pour me jeter à son cou.

– Je te donne l'autorisation de lui mentir en lui expliquant que je t'ai chassée de chez moi, ce qui t'a contrainte à rentrer à Louisville, donc provisoirement chez lui. Ça te sauvera la face, non ?

– Quelle bonne idée ! Merci mille fois.

– De rien ! Il est si bien que ça, ton Timothy Pains ?

– Oui.

– Mais alors, pourquoi l'avoir boudé pendant plus de quinze ans ?

– Parce que j'aime prendre mon temps. Ne cherche pas à comprendre.

– Chercher serait inutile, de toute façon. Je te conseille seulement de repartir à Louisville au plus tôt.

– Il reste un problème.

– Lequel ?

– Si tout va bien et que je l'épouse, tu seras un beau-frère qu'il va détester.

– Pourquoi ?

– Parce qu'il sera toujours persuadé que tu m'as chassée de chez toi.

***

Que Dee Dee puisse envisager de se marier dans le Colorado m'a autant surpris qu'enchanté. Elle allait pouvoir rentrer chez elle sans devoir revivre seule, et c'était inespéré. De toute évidence, ce Timothy Pains était quelqu'un de bien. Pour ma part, je n'allais certainement pas le détester comme beau-frère…

Finalement, j'étais en train de récupérer ma vie d'avant, et en mieux ! Le succès de la campagne du Zinfandelice faisait la promotion de notre boîte de publicité. Ma sœur était enfin amoureuse. Mon fils avait été accepté à l'UCLA. Mon ami d'outre-tombe était devenu une mine d'informations pour moi, du fait que son état le plaçait plus haut qu'un sénateur.

Restait à régler ma situation avec Ginger.

– Votre famille s'est bien agrandie ! a noté Cliff, que j'ai retrouvé, ce soir, assis au bord du ponton, les jambes battant le vide.

– Comment se fait-il que vous ne soyez pas posé sur une des chaises, comme d'habitude ? me suis-je étonné.

– Parce qu'il y a les chats dessus.

– Zut ! Vous ne pouviez pas les chasser ? Ils ne vous voient pas ?

– Les chats sont les seuls animaux qui peuvent nous voir et avec lesquels nous entretenons des liens spéciaux. Je n'ai donc pas voulu déranger les vôtres.

Je me suis avancé pour m'asseoir à côté de lui, les mains appuyées sur le sol et les pieds au ras de l'eau. En face de nous flottait le *Queen Mary* tout illuminé, égal à lui-même depuis presque quatre-vingt-dix ans. La lune était pleine et une brise légère faisait onduler la surface de la mer comme une étoffe de soie tissée de fils d'argent.

– Combien d'anciens passagers de ce navire sont-ils encore de ce monde ? me suis-je demandé d'une voix rêveuse.

– Très peu. Et je n'en fais pas partie.

– Heureusement ! Si vous ne vous étiez pas noyé, on ne se serait jamais connus.

– C'est sûr.

– Et je ne peux que souhaiter une très longue vie à votre fiancée, seule condition pour passer beaucoup d'autres soirées comme celle-ci.

– Vera n'est pas bien.

– Oh non ! Comment le savez-vous ?

– Elle a pensé tellement fort à moi ce matin que je suis parti la visiter.

– A-t-elle perçu votre présence ?

– *Mais une vision gracieuse et divine*
– *Vint distraire et charmer l'âme d'Evangeline.*
– *Sa brûlante pensée avait pris un beau corps :*
– *Un fantôme brillant devant ses yeux alors,*
– *Flottait avec mollesse aux rayons de la lune*
– *Et semblait lui sourire en sa longue infortune.*
– *Celui qu'elle voyait dans cette vision,*
– *Que la lune d'argent portait sur un rayon,*
– *C'était le fiancé que demandait son âme !*
– *Il lui tendait les bras, et chaque coup de rame*
– *Semblait le rapprocher du fragile bateau*
– *Qui glissait lentement, en silence, sur l'eau.*

– Ces vers me donnent la chair de poule… Vous allez finir par me faire retenir votre poème en entier.

– Il est tellement long qu'on ne peut le retenir que mort.

– *Long* comme… *Longfellow* ?

– Plutôt *long* comme *Long Beach* !

– Pourquoi pas *long* comme *Longoria* ?

– Je ne connais pas.

– Eva Longoria est une actrice.

– Vous êtes hors-sujet !

– Oui, mais Ginger détestait ce genre de « ping-pong verbal », comme elle l'appelait, alors que moi, j'adore. Je profite donc de l'occasion.

– Vera adorait aussi.

– Évidemment…

Nous sommes restés longtemps silencieux, le regard flottant sur les vagues.

– Vous êtes un vrai « bee's knees », a-t-il déclaré, un air comblé s'affichant sur son visage. Cela veut dire que vous êtes *cool*, *top*, *super* et *wow*, comme on dit maintenant. Ou *grandiose*, comme dit votre fils. Le langage des années cinquante était très imagé, et on appelait *bee's knees* les gens qui sèment la positivité autour d'eux en faisant comme les abeilles qui transportent le nectar d'une fleur à l'autre en le collant à leurs pattes. Cette expression est plus jolie que toutes vos onomatopées, non ?

J'ai commencé à rire, sa déclaration me mettant du baume au cœur.

– Je trouve que vous êtes un vrai *bee's knees* aussi !

– Merci.

– Un *bee's knees* publicitaire qui joue avec moi au ping-pong verbal et au jeu des slogans, et qui me fournit autant de détails sur le New York des années cinquante que sur la vie dans l'au-delà… Tout cela est inestimable.

– Je vous retourne le compliment. Se faire un ami vivant quand on est déjà mort, c'est tout aussi inestimable.

– Ça aurait vraiment rassuré ma sœur de faire votre connaissance, parce que la perspective de la vieillesse commence à l'angoisser, et parce que l'idée même de la mort la scandalise. Vous auriez vu sa réaction lorsqu'elle a découvert à la cuisine mon stock de livres sur le paranormal... À quarante-cinq ans à peine, elle a choisi de jouer dans le clip du Zinfandelice pour « fixer son image », elle s'est offert trois chats pour « oublier sa finitude » et elle cherche un prétexte pour nouer une relation avec un voisin qu'elle a ignoré pendant quinze ans.

– Vieillir est plus difficile pour les femmes.

– À ce propos, j'ai une question qui me trotte dans la tête, mais que je n'ai jamais osé vous poser.

– Osez, mon cher ! Rien ne m'offusque.

– Comment pouvez-vous continuer à aimer, avec la même intensité, une femme que vous avez connue si différente ? Je parle de Vera, bien sûr. Vous êtes toujours un jeune homme alors qu'elle pourrait être votre grand-mère, maintenant. Cela ne vous choque-t-il pas lorsque vous allez la voir ? Éprouver la même passion envers une jeune femme en pleine possession de sa beauté et une vieille dame toute ratatinée est une chose qui me dépasse. Même pour les couples qui vieillissent ensemble, ce n'est pas possible. D'ailleurs, je trouve que cette transformation du physique avec l'âge est terriblement injuste. Ma belle-mère avait cinquante ans quand je l'ai connue, et c'était une très belle femme. Je ne l'ai plus revue depuis qu'elle s'est installée au Mexique puisque seule ma femme lui rendait visite, mais sur les photos qu'elle poste sur son Facebook en compagnie de son perroquet, je ne reconnais que le perroquet. Estimez-vous normal que les objets les plus inutiles nous survivent ? Que les animaux qui nous tiennent compagnie vieillissent tranquillement sans grand changement dans leur aspect extérieur, alors que chaque année qui passe nous détériore à tel point que lorsque nous tombons sur nos vieux papiers d'identité, il nous faut parfois vérifier que notre nom y figure parce qu'on ne se reconnaît pas sur la photo ? Et arrêtez de rire !

– Mais intérieurement, nous restons les mêmes.

– D'où le drame.

– Même morts, nous restons les mêmes.

– Ça, en revanche, c'est rassurant. Le fait qu'à peine le corps parti, l'identité se dissolve dans une sorte de soupe cosmique m'aurait beaucoup déprimé.

– Soyez tranquille ! Individualistes, nous vivons, et individus, nous restons.

– Vous m'en donnez la preuve « vivante », on peut le dire, parce qu'on a beau s'abîmer les yeux avec toutes sortes de lectures, rien ne vaut un témoignage de première main. Je vous en remercie.

– De rien ! Les amis sont faits pour rassurer. Et pour en revenir à votre question, celle de savoir comment je peux continuer à aimer avec la même passion une femme qui a maintenant le look de ma grand-mère…

– Désolé, c'était indélicat de ma part.

– Non, non ! Je voudrais juste vous dire que dans ma situation très... euh... spéciale, seule l'essence de la personne importe, et ce ne sont pas les quelques centimètres de peau ridée qui peuvent y changer quelque chose.

– *On découvrait déjà, sur sa tête flétrie,*

– *Quelques cheveux d'argent, aube d'une autre vie,*

– *Aurore dont l'éclat mystérieux et doux*

– *Nous dit qu'un jour nouveau va se lever pour nous.*

– Et encore :

– *Pour elle son amant n'avait jamais vieilli ;*

– *L'absence et le malheur l'avaient même embelli,*

– *Il était mort, mort à la fleur de l'âge,*

– *Dans toute sa beauté, sa force et son courage.*

– Vous êtes en train de tout faire pour me convertir à votre Longfellow.

– Savez-vous que la poésie est le langage des anges ?

– Jay ! Où sont mes chats ? a soudain hurlé Dee Dee, qui s'est précipitée sur le ponton, décoiffée, le visage déformé par la panique.

– Calme-toi ! Ils sont couchés sur les chaises.

– Alors que toi, tu es assis par terre ?

– Je n'ai pas voulu les déranger.

– À l'évidence, tu fais *tout* pour qu'ils te préfèrent à moi ! s'est-elle insurgée, ses yeux lançant des éclairs et son index, menaçant, pointant dangereusement vers moi. À quoi tu joues ?

Je l'ai regardée, stupéfait, puis j'ai secoué la tête avant de tenter de me lever en prenant appui sur le plancher du ponton alors que Cliff, qui n'avait pas bougé, était parti d'un grand éclat de rire. J'ai jeté un coup d'œil en direction de ma sœur pour m'assurer qu'elle n'avait rien entendu, puis j'ai commencé à rire aussi. C'était une situation tellement cocasse que même un humoriste n'aurait pu l'imaginer !

13

– J'ai une excellente nouvelle pour toi ! s'est exclamée Dee Dee ce dimanche matin en me voyant franchir le seuil de la cuisine.

Sur la table trônaient déjà un pichet de jus d'orange frais, des toasts dorés, de la confiture de mandarine, et une assiette d'œufs au plat dont les jaunes brillants et gonflés formaient un cercle presque parfait au milieu duquel deux morceaux de lard grillé étaient disposés en forme de cœur.

– Wow ! C'est le premier dimanche où on échappe à tes bagels bruns au raisin tartinés de Philadelphia. Tu n'en as plus au congélateur ?

– J'en ai plusieurs sacs qui me remplaceront lorsque je ne serai plus là pour te servir de dame de compagnie et que tu te sentiras tellement solitaire que tu ne parleras pas seulement à la chaise vide du ponton, mais aussi à tous les autres meubles de la maison !

– Pourquoi prends-tu si vite la mouche ?

– Parce que ton humour ne te sert qu'à éviter de dire merci.

– Merci.

– Alors, commence à manger et écoute-moi.

– Je suis tout ouïe.

– Hem… hier soir, alors que tu papotais avec toi-même au bord de l'eau, j'ai reçu un coup de fil, m'a-t-elle appris en baissant la voix et en jouant nerveusement avec ses mains, ce qui ne lui ressemblait pas.

– Timothy Pains t'a appelée ?

– Qui d'autre ? Il voulait savoir si les chats s'étaient bien adaptés. J'ai répondu oui.

– Et… ?

– C'est tout.

– C'est tout ? Vous avez juste coupé la communication après ça ?

– Après nous être dit au revoir, bien sûr.

– Pourquoi tu me racontes ça ?

– Tu es borné ou quoi ? Tu ne vois pas que ce coup de téléphone n'était qu'un prétexte pour reprendre contact avec moi ? Timothy déteste les chats en général et les miens en particulier. Le jour où je les ai repris a été son plus beau depuis l'incendie.

– Tu vas donc le rappeler dans une semaine pour lui donner de leurs nouvelles, et ainsi de suite, chacun son tour, le reste de l'année ?

– Ne dis pas n'importe quoi ! Le message est passé, et pour moi, il est très clair : Timothy voudrait que je rentre à Louisville et c'est ce que je vais faire. Je m'en irai la semaine prochaine.

– Tu en es sûre ?

– Tout le monde n'a pas besoin de pérorer pendant deux heures pour exprimer un sentiment. Il n'est pas publicitaire, lui !

– Il est quoi ?

– Éleveur de carpes.

***

J'ai informé Antoine du retour de sa tante dans le Colorado, et nous avons décidé de lui faire une surprise en organisant un dîner royal la veille de son départ : repas qu'on prendrait sur le ponton, parce qu'aucune table de restaurant ne bénéficiait d'une vue plus belle que la nôtre.

– Cette histoire de Timothy Pains me semble quand même bizarre, m'a confié mon fils alors qu'on était chez le traiteur oriental en train de commander du riz à l'agneau.

– Tout ce qui touche à ta tante est bizarre.

– J'ai l'impression qu'elle ne va faire qu'un aller-retour là-bas ! Tante Dee Dee n'a jamais pu cohabiter avec qui que ce soit, sauf avec toi, bien sûr, parce que, comme le dit maman, tu es plus gentil qu'un quokka.

– C'est quoi ?

– Un petit marsupial qui vit en Australie et qui a été élu l'animal le plus heureux du monde. On dirait qu'il sourit tout le temps. Il est adorable.

– Et ta mère m'appelle un quokka ?

– Oui, et même parfois, un quokka zéro, tellement ta bonté te fait céder au harcèlement des autres en général et à celui de tantine en particulier. Ne le prends pas mal.

C'est un compliment. *Lui*, maintenant, elle l'appelle un zéro tout court.

J'ai éclaté de rire.

– À présent que tante Dee Dee s'en va, tu pourrais inviter maman à venir quelques fois ici, m'a-t-il suggéré, encouragé par ma bonne humeur.

– Je ne pense pas.

– Ah ! fit-il, déçu.

Je n'étais certes pas prêt à recevoir Ginger chez moi ! J'avais juste besoin de me retrouver avec Jack et Jude pour travailler et de profiter des visites de Cliff Cloud.

« Vous êtes fous ! » s'est exclamée Dee Dee, le lendemain soir, lorsqu'Antoine et moi l'avons emmenée sur le ponton que nous avions décoré de dizaines de petites ampoules multicolores.

Riz à l'agneau, bols de yaourt, feuilles de vigne farcies, purée d'aubergines au sésame avec grains de grenade, pois chiches au cumin et à la viande confite…, tous les plats de cette cuisine libanaise que nous avions choisie se disputaient la place sur une table dressée comme à Noël et posée au bord de l'eau.

– On a voulu fêter ton départ comme il le mérite, s'est rengorgé Antoine en voyant l'expression ébahie de sa tante.

– Vous êtes si contents que ça que je m'en aille ?

– Au contraire ! J'ai même dit à papa que tu allais revenir très vite.

– Et pourquoi ?

– Euh…

– Tu penses que je suis une handicapée sociale, incapable de me fixer dans une relation à moyen terme ?

– Bien sûr que non ! Mais tu as toujours vécu seule et tu adorais ça. Alors, je t'imagine mal partager le quotidien de quelqu'un dont tu n'as jamais parlé.

– Moi, je ne parle pas. J'agis ! C'est un homme qui me plaît depuis quinze ans, et maintenant, je fonce parce que je suis prête.

Antoine a affiché un air étonné, et je lui ai fait les gros yeux pour lui signifier de clore le sujet et de passer à table.

Nous étions à la mi-mars, et la météo nous offrait une douce et calme soirée. En face de nous, les lumières du *Queen Mary* se reflétaient dans l'eau bleu marine, et nous avons bu au souvenir de Pierre Samuel Dupont de Nemours, notre premier ancêtre franco-américain, et à celui de nos parents et grands-parents. Puis nous avons bu à nos santés respectives, à celle de ce cher Timothy Pains, et même à celle des chats. Cela nous a fait vider une bouteille de vin avant même d'entamer le plat principal, et j'ai discrètement levé mon dernier verre en direction du *Queen Mary*, en espérant que Cliff nous observait. « À ta santé ou à ta mémoire », lui ai-je murmuré, ne sachant quelle formule adopter.

– Qu'est-ce que tu marmonnes ? m'a demandé Dee Dee, à qui mon geste n'avait, semble-t-il, pas échappé.

Antoine a souri en m'adressant un clin d'œil.

– Comme tu as levé ton verre en direction du nord, c'est donc que tu as aussi bu à la santé de Ginger, qui ne fait plus partie de notre famille, a-t-elle enchaîné, soupçonneuse.

Tu ne peux pas trinquer avec le même verre en mélangeant les genres… Ça porte malheur.

– Elle reste ma mère ! a protesté Antoine, qui se formalisait rarement de quelque chose.

– Ce n'est pas à Ginger que j'ai levé mon verre, ai-je spécifié pour couper court.

– Et à qui donc ? Aux fantômes du *Queen Mary*, peut-être ? a ironisé ma sœur. Et à propos, a-t-elle ajouté en se tournant vers Antoine, sais-tu que j'ai appris à ton père que ce bateau fait partie des dix endroits les plus hantés au monde ? Je suis sûre que tu me prends pour une vieille folle, maintenant, parce que tu es à l'âge où on se moque de tout et où on ne croit à rien.

– Je ne me moque de rien et je crois à tout, lui a gentiment répondu mon fils en me regardant en coin.

– Tout ce gras m'a donné envie d'un bon dessert, ai-je soudain déclaré en me levant pour rapporter de la cuisine un « pain de sérail », qui consistait en de la mie de pain imbibée de sirop de sucre, fourrée de crème au lait et parsemée de poudre de pistaches.

– Vous êtes adorables, tous les deux, s'est exclamée Dee Dee en avalant une première bouchée, et vous me traitez en princesse orientale alors que je ne fais que vous embêter. Mais, à ma décharge, n'oubliez pas que la perspective de cohabiter pour la première fois avec un homme me rend très nerveuse.

– Tu vas l'amener ici pour nous le présenter, n'est-ce pas ? a glissé Antoine.

– La Californie, j'en ai soupé ! C'est vous qui viendrez.

***

Ma sœur partie, la maison m'a paru aussi vide qu'une chambre de députés sans parti d'opposition. Je me sentais fatigué, mais avec la satisfaction d'avoir obéi, une fois de plus, au « Chéri, fais attention à ta sœur ! » que ma mère m'avait tellement répété de son vivant que c'était devenu mon second prénom. J'avais du mal à croire à un mariage entre Dee Dee et ce monsieur, mais j'espérais que leur cohabitation, même provisoire, tiendrait jusqu'à ce que la maison de ma sœur soit reconstruite.

– Enfin libre ? a plaisanté un Cliff Cloud goguenard lorsque je l'ai trouvé assis à sa place habituelle quelques jours après le départ de Dee Dee.

C'était le soir, et j'étais sorti siroter un whisky après une longue journée passée à discuter avec Jack et Jude d'une campagne à l'échelle nationale pour le Zinfandelice.

– J'aime ma sœur, lui ai-je répondu, légèrement irrité, peut-être parce que je me sentais coupable envers elle, mais sans savoir de quoi.

– Ah, la complexité des relations familiales ! Ça me rappelle les rapports qu'entretenaient ma mère et sa sœur, qui s'adoraient, mais se chamaillaient en permanence. Cinq ans après le décès de ma tante, ma mère continuait à regretter de ne pas l'avoir invitée chez nous pour la Thanksgiving de 1949 ; d'avoir refusé de lui laisser la bague verte héritée de leur grand-mère ; de l'avoir ignorée chaque fois qu'elle se plaignait d'avoir mal quelque part ; de ne pas lui avoir proposé de la tarte au citron meringuée l'avant-veille de sa crise cardiaque, jour où elle nous avait rendu visite, alors qu'elle adorait ce dessert ; et ainsi de suite. Tous les jours, nous avions droit à un regret différent. En résumé : les êtres humains sont dépressifs quand ils habitent seuls, intolérants quand ils habitent ensemble et malheureux lorsqu'ils sont séparés par la mort, parce que les survivants sont généralement consumés par mille regrets, mais incapables, malgré tout, de changer de comportement avec ceux qui restent.

– Et rien n'est rattrapable.

– On peut se rattraper après avoir quitté la terre parce que chez nous, l'amour colmate tout. Mais avouez que c'est du temps perdu ! Ma mère et ma tante sont maintenant inséparables.

– Comment le savez-vous ?

– Secret de défunt !

– C'est une information qui me rassure quand même.

– Il est vrai que vos vies sont beaucoup plus compliquées que les nôtres, sauf exception. Je pense notamment aux esprits de mon bateau.

– Ça ne m'étonne pas ! À propos, comment va Vera ?

– Bien, je suppose. Souvenez-vous que je ne peux lui rendre visite que quand elle a besoin de moi. Or elle ne m'a plus appelé.

– Tant mieux ! Maintenant qu'on peut papoter en toute liberté, je veux vous perdre le plus tard possible.

– Moi aussi, mais tout passe si vite dans votre monde que je vous répondrai comme Longfellow :

– *Ainsi passait le soir dans la joie et l'ivresse,*

– *Et le temps paraissait redoubler de vitesse.*

– *Tout à coup l'on ouït, dans le beffroi voisin,*
– *La cloche qui vibrait sous le manteau d'airain.*

– Déprimant ! Tout compte fait, je préfère la publicité à la poésie, Walt Disney à Henry Longfellow, Harry Potter à Platon, la Petite Sirène à Thérèse d'Avila, et un jardin d'enfants à la banque mondiale.

– Ha ! Cela veut dire que malgré votre sérénité apparente, vous êtes un angoissé.

– Disons que j'ai toujours pensé qu'on ne payait jamais assez cher la rapidité de se sortir d'une situation stressante, et il m'arrive souvent de régler un problème à mes dépens plutôt que de le laisser traîner. Mais après coup, je m'en veux quand même d'avoir été trop conciliant.

– Parce qu'on vous a pris pour un imbécile alors que vous vous êtes laissé faire en connaissance de cause ?

– C'est tout à fait ça !

– J'étais comme vous. Génétiquement programmé pour vivre serein en faisant tout pour. Mais depuis que mon nouvel état m'a libéré de ce genre d'efforts, je jubile, et je vous avoue que ma cohabitation provisoire avec quelques esprits facétieux hantant un paquebot de luxe est une sinécure par rapport aux relations humaines *in vivo*, si j'ose dire. Bon courage, mon pote !

– Vous avez l'art de remonter le moral.

– Patience ! Vous mourrez aussi, un jour.

– C'est supposé me rassurer ?

– Oui, parce que le jour venu, je serai là pour vous accueillir, a-t-il ajouté en souriant.

– C'est possible ? lui ai-je demandé, méfiant.

– C'est comme si c'était fait !

– Merci.

– Et en attendant, continuez à me lever votre verre quand vous dînerez en bonne compagnie. Le charmant repas de famille que vous avez organisé pour votre sœur était très réussi.

– Vous nous avez vus ?

– *Le fantôme venait, vers le déclin du jour*

– *Se cacher dans les pins qui voilaient le séjour.*

J'ai souri avant d'enchaîner :

– *Sur la table était mise une nappe de lin :*

– *Déjà pour le souper était servi le pain*

– *Un flacon de vieux cidre et le nouveau fromage*

– *Et le miel odorant comme la fleur sauvage.*

Cliff Cloud s'est figé puis m'a fixé de ses yeux brillants, sa bouche s'allongeant dans un sourire comblé.

– J'ai pris le temps de jeter un coup d'œil à votre poème, lui ai-je déclaré, fier de moi, et j'ai retenu ces quatre vers que j'ai trouvés particulièrement légers, dans le but de vous les resservir à la première occasion pour vous faire plaisir.

– Et vous avez réussi, m'a-t-il répondu, des larmes de bonheur glissant sur ses joues.

– Je serai toujours surpris de vous voir rire ou pleurer, lui ai-je avoué, touché par la joie qui émanait de lui.

– Ah, Jay ! Si vous saviez combien on peut rester homme, après la vie…

14

Le mois de mars allait se terminer et il était temps de régler la situation avec ma femme ! J'ai donc appelé Ginger pour l'avertir que je comptais passer à la maison, ce samedi avant midi, pour lui parler en l'absence d'Antoine, qui partait camper.

J'avais déjà décidé de ne plus reprendre la vie commune parce que le cœur n'y était plus, et je me suis présenté à onze heures pile devant la porte de ma maison avec la hâte d'en ressortir après avoir mis les choses au point. Comme je l'ai avoué à Cliff Cloud, j'étais si peu fait pour gérer des conflits que si on me prenait par les sentiments, j'étais capable de faire des concessions qu'on ne m'avait même pas encore réclamées… Je me méfiais donc de moi-même ! Au travail, Jack et Jude m'avaient interdit l'accès à n'importe quelle réunion discutant des termes d'un contrat.

– Jay ! s'est écriée Ginger en m'ouvrant la porte.

Elle s'était maquillée comme pour sortir et portait la robe verte que je lui avais achetée pour son anniversaire, assortie de hauts talons. C'était une tenue de combat pour une reconquête imminente et j'ai franchi le seuil de mon ancien foyer avec le courage d'un soldat enrôlé de force.

Ma future ex-femme m'a tout de suite entraîné au jardin où elle avait dressé une table sur laquelle trônait un brunch digne du Ritz-Carlton.

– Ça change des Kellogg's Frosties et du lait à la banane, lui ai-je fait remarquer.

– Je suis revenue aux toasts beurrés et au café à la cannelle, m'a-t-elle répondu avec un doux sourire. Et tu ne me verras plus en rose bonbon. Quelle horreur ! Le vert amande me va très bien. On s'assoit ?

J'ai pris place à table, de plus en plus mal à l'aise : la bataille allait être serrée. Curieusement, je n'avais pas ressenti grand-chose en revoyant Ginger. Les semaines de séparation, ma rencontre avec Cliff Cloud, ma cohabitation avec ma sœur et mon surplus de travail m'avaient éloigné d'elle autant que l'avait fait le petit ami qu'elle s'était offert. Il était étonnant de constater que dix-huit ans de mariage pouvaient se dissoudre en si peu de temps… Cela voulait-il dire que mon union n'était pas aussi solide que je le pensais ? Que ma capacité de retomber sur mes pattes était exceptionnelle ? Que ma phobie des questions à résoudre m'avait fait renoncer d'avance à toute conciliation ? Que donner une seconde chance à un mariage, c'était comme faire redoubler un cancre ? Ou que la parfaite histoire d'amour de mon fantôme du ponton avait réveillé en moi la nostalgie d'une relation diamétralement opposée à la mienne ?

– Tu parais songeur, a relevé Ginger avec inquiétude. Des problèmes au travail ?

J'ai fait non de la tête en tendant la main pour me servir du jus d'orange.

– « Never fake, always a bake, Minute Maid's your perfect shake », a-t-elle chantonné en me passant le carton de Minute Maid.

J'ai bu mon verre d'un trait sans commenter.

– Sais-tu que j'ai acheté chez Book Soup un dictionnaire des slogans publicitaires ? m'a-t-elle fièrement déclaré. On y trouve, citées par ordre alphabétique, toutes les grandes marques américaines de produits de consommation courante avec les slogans adoptés par chacune depuis 1900 jusqu'à aujourd'hui. J'en ai déjà retenu un bon quart ! De quoi te battre sur ton propre terrain, maintenant.

J'ai souri en songeant à mon ami Cliff.

– *Tu m'as manqué*, a enchaîné Ginger en français, encouragée par mon sourire.

– Je pensais à quelqu'un rencontré à Long Beach, ai-je spécifié pour ne pas lui donner de faux espoirs.

Ses efforts en publicité et en francophonie arrivaient trop tard !

– Tu as rencontré une femme là-bas ? s'est-elle inquiétée, soudain pâle.

– Non.

– Il s'agit alors d'une ancienne petite amie avec laquelle tu as renoué ? Cette Connie Conroy a raconté à toutes les femmes du club que tu l'avais invitée à manger éthiopien et que c'était tellement *hot* que sa voix, déjà rauque, avait viré à l'aboiement. Tu es souvent sorti avec elle ?

Je l'ai fixée en levant les sourcils.

– Ce garçon ne me dit plus rien ! a-t-elle repris avec véhémence. Je ne comprends même pas comment cette chose m'est arrivée… Elle n'a duré que le temps que je réalise ma stupidité. En fait, il s'est à peine installé ici que tout a commencé à me taper sur les nerfs chez lui. Il n'était juste pas toi ! Et je n'étais pas moi non plus, mais une Ginger momentanément déréglée pour je ne sais quelle raison. La crise de la quarantaine, peut-être ? Je suis tellement désolée, Jay ! Peux-tu rentrer à la maison ?

– Non.

– Comment ça, non ?

– Ça t'étonne tant que ça ?

– Je t'ai dit que j'étais désolée, que je ne comprenais pas ce qui m'était arrivé et que je voulais qu'on tourne la page. *Tout va s'arranger* a toujours été ta devise !

– Et tout s'est vraiment arrangé pour moi. J'ai refait ma vie à Long Beach.

– Antoine m'a raconté que Dee Dee était rentrée dans le Colorado et que tu habitais seul, maintenant.

– J'ai refait ma vie, seul.

– Ridicule ! Tu as une aventure avec Connie, c'est ça ? Ta sœur l'appelait Conboy à cause de sa voix. Bien dit !

– C'est bien la première fois que tu donnes raison à Dee Dee, ai-je lâché dans un soupir pour tenter de couper court à une conversation qui me mettait de plus en plus mal à l'aise.

J'avais dit l'essentiel et je ne désirais plus que m'éclipser.

– Donc tu reviens quand ? a-t-elle insisté, ne prenant pas au sérieux mon intention de ne plus rentrer chez nous.

Mon image de bon mari/bon père/bon cœur/bon caractère était tellement ancrée dans les esprits que ma femme s'attendait à me voir presque reconnaissant d'être invité à retourner à la maison au bout d'une « crise » qui était finalement passée. Mais le problème était qu'une séparation provisoire pouvait être aussi dangereuse qu'une longue absence, et je n'avais plus le cœur de reprendre le fil d'un mariage effiloché par la déprimante banalité d'une aventure extra-conjugale.

– Je rentre à Long Beach. Merci pour ce brunch, ai-je déclaré sans cérémonie à Ginger en me levant pour attraper ma veste.

– Avoue que tu as quelqu'un là-bas ! m'a-t-elle jeté agressivement à la figure en se mettant aussi debout.

– Je l'avoue.

– Conny Conroy ?

– Non.

– Une autre femme ?

– Non.

– Alors qui ? s'est-elle énervée, trépignant d'impatience.

– Tu ne connais pas. Il s'appelle Cliff.

Elle a soudain pâli et reculé d'un pas, stupéfaite.

***

En sortant de mon ex-foyer, je me suis senti tellement soulagé d'en avoir fini avec cette entrevue dont je reculais sans cesse l'échéance que j'ai décidé de rentrer tout droit à Long Beach avec un plateau de sushis et une petite bouteille de saké pour m'installer devant un bon film puisque je n'avais pas touché au brunch ! Cela ne voulait certes pas dire que j'avais quelque chose à célébrer… Au contraire ! Ce qui m'arrivait était aussi triste que banal. Mais j'étais si peu taillé pour gérer les situations négatives qu'il aurait suffi que Ginger se mette à larmoyer pour que je lui promette de reprendre ma place auprès d'elle, comme le souhaitait Antoine. Mais maintenant, le sort était jeté.

– *Alea jacta est !* m'a accueilli un Cliff Cloud tranquillement posé dans le fauteuil de mon salon à peine avais-je ouvert ma porte.

– Qu'est-ce que vous faites à l'intérieur de la maison ? me suis-je étonné.

– La même chose qu'à l'extérieur. Je vous attends.

Je l'ai regardé, soupçonneux.

– Je suis entré en toute légalité par la porte vitrée que vous n'aviez pas verrouillée, bien que pour moi, les portes soient devenues inutiles. Comme nous sommes samedi et que, par conséquent, vos collaborateurs sont absents, j'ai pensé que vous seriez bien content que quelqu'un vous tienne compagnie après cette entrevue conjugale.

– Vous m'avez suivi ? Bonjour, la discrétion !

– Une fois n'est pas coutume. Vous m'aviez informé de ce rendez-vous, et comme je connais vos faiblesses, j'ai voulu vous soutenir.

– Je n'en ai pas eu besoin.

– Bien sûr que si ! La preuve est qu'elle a capitulé à l'instant même où vous avez parlé de moi.

– Parce qu'elle ne s'attendait pas à un prénom masculin, ai-je assuré en souriant et en revoyant l'air ébahi de Ginger.

– C'est plutôt parce qu'elle m'a soudain vu debout derrière vous.

– Oh, merde ! Pourquoi avez-vous fait ça ?

– Parce que je vous connais. Et comme je suis capable d'anticiper les réactions, j'ai deviné que votre femme s'apprêtait à fondre en larmes, que cela allait vous émouvoir en affaiblissant votre position et que vous alliez promettre de rentrer chez vous contre votre gré. Je suis donc intervenu pour couper court et vous sortir de là.

– Wow ! Vous accorde-t-on le droit d'intervenir de cette façon pour changer le cours d'une vie privée ?

– C'est la première fois que je le fais depuis ma noyade, et vous êtes le seul ami que j'ai eu depuis 1955, alors je ne sais pas… Mais sans regrets ! Il fallait que je vous donne un coup de pouce pour tourner la page d'un mariage qui ne vous rendra plus heureux. Je le sens.

– C'est pour cela que vous m'avez suivi ?

– Oui. Votre bonté vous rend inapte à vous défendre en n'importe quelle circonstance, et vous cédez comme un mur en pâte de fruits. Ensuite, vous le regrettez.

– Ah, Cliff ! Vous me connaissez bien !

– Et je vous aime beaucoup.

– Je n'en reviens pas d'avoir été soutenu par un ami d'outre-tombe !

– Ce sont les meilleurs.

– Après expérience, je suis d'accord. Avec vous, aucun conflit possible, des discussions originales, des visites désintéressées, des renseignements de première main et, bien sûr, l'histoire d'un amour qui fait passer Roméo et Juliette pour deux adolescents instables et sirupeux.

– Alors, vous ne m'en voulez pas de mon intervention ?

– Pas pour cette fois, mais Ginger doit être dans tous ses états.

– Ne vous en faites pas pour ça. Les vivants font confiance à leurs sens tant que leur raison ne s'immisce pas pour nier ce qu'ils ont vu ou entendu. Dans ce cas, ils peuvent parfaitement se persuader de n'avoir rien vu ni entendu. À l'heure qu'il est, votre femme est déjà sûre que c'est son émotion qui lui a joué un mauvais tour. D'où la difficulté de faire confiance aux témoins d'un procès. Assermenté ou non, un témoin adulte peut être moins fiable qu'un enfant. Bon ! Et si vous commenciez à manger ?

J'ai ouvert ma boîte de sushis et me suis servi un verre de saké en me sentant bizarrement gêné, comme chaque fois, de manger en présence d'un être qui n'en avait jamais besoin.

– De mon temps, consommer du poisson cru était vu comme une débilité, a-t-il constaté.

– Les Japonais l'ont toujours fait.

– De mon temps, faire comme un Japonais était vu comme une débilité.

J'ai éclaté de rire. Il est vrai que Cliff était de la génération Pearl Harbor.

– Et si on regardait un film ? lui ai-je proposé.

– Le dernier que j'ai vu était *Fenêtre sur cour*, d'Alfred Hitchcock.

Je me suis remis à rire.

– Qu'est-ce que vous croyez ? Que j'ai passé le demi-siècle qui vient de s'écouler au cinéma ? Mettez donc le film que vous voulez.

– Vu les circonstances, je vais nous choisir *Ghost*. C'est l'histoire de Sam et Molly qui vivent une grande passion, mais Sam se fait assassiner dans la rue et se rend compte qu'il est devenu un fantôme lorsqu'il aperçoit Molly penchée en pleurs au-dessus de son corps. Il arrive alors à entrer en contact avec un médium qui va l'aider à protéger sa femme et à démasquer son assassin, qui n'est autre qu'un de ses collègues. Avant de quitter l'entre-deux-mondes et de se diriger vers le paradis, Sam parvient à se faire voir et entendre de Molly, à qui il dit au revoir dans un dernier baiser. Ce film a été le plus grand succès cinématographique de l'année 1990.

– C'est tout récent !

– Euh… si vous voulez.

– Et on dirait que ce scénario n'a été écrit que pour moi ! Allons-y !

J'ai donc lancé *Ghost* avant de poser la boîte de sushis sur mes genoux afin de manger le plus discrètement possible. Cliff a passé deux heures mesmérisé devant l'écran et sans prononcer un seul mot. Je lui jetais de temps à autre un coup d'œil furtif, et il paraissait tellement touché que je détournais vite la tête pour ne pas le gêner. Mais quand Sam s'est tenu derrière Molly en imitant tous ses mouvements, dans une séquence du film qui a marqué les esprits, j'ai entendu Cliff renifler ; et quand Sam est apparu à Molly en lui assurant que tout l'amour que l'on a en soi, on l'emporte intact dans l'autre vie, mon ami du ponton n'a pu réprimer un sanglot.

– Je ne savais pas que les fantômes pouvaient être bouleversés à ce point, ai-je avoué, un peu mal à l'aise.

– Les larmes et le sourire sont des attributs angéliques, et je n'ai pas été aussi ému depuis le premier anniversaire de ma noyade, quand j'ai vu Vera en larmes jeter dans les eaux du port de New York un exemplaire de l'*Evangeline* de Longfellow. Quel film ! Et quelle chanson ! En connaissez-vous le titre ?

– *Unchained Melody*.

– Et comment s'appelle l'actrice ?

– Demi Moore.

– Elle ressemble un peu à Vera et m'a ramené soixante-huit ans en arrière, vers ce jour où nous avions visité ensemble la Louisiane et où nous nous étions étreints sous le chêne de Gabriel et d'Evangeline. Un souvenir qui ne m'a jamais quitté. *L'âme du forgeron ne s'est pas refroidie ! Il se souvient toujours de sa vieille Acadie*..., a-t-il ensuite murmuré comme pour lui-même, les yeux encore humides.

– Nous avons quand même passé une bonne soirée, non ? lui ai-je demandé pour le ramener sur terre, si je pouvais m'exprimer ainsi.

– La meilleure depuis des années… Aviez-vous déjà vu ce film ?

– Quatre fois, ai-je avoué.

– Nous étions nés pour devenir amis, et pensez que sans mon indéfectible amour pour Vera et sans votre rupture avec Ginger, nous ne nous serions jamais croisés à Long Beach ! Le ciel a su comment contracter le temps qui nous séparait.

– Pourvu que ce temps reste contracté longtemps, ai-je soupiré, parce que je ne suis pas prêt à vous perdre.

– Courage ! m'a-t-il réconforté en m'effleurant la main, et j'ai senti un courant liquide et chaud remonter dans mon bras avant de me traverser l'épaule.

Puis il s'est éclipsé en fredonnant les paroles de *Unchained Melody*, et moi je suis allé dormir en évitant de réfléchir aux suites que donnerait Ginger à l'apparition d'un spectre dans son salon.

***

– Papa ! s'est écrié Antoine au téléphone à six heures du matin, me tirant d'un rêve où Demi Moore, étendue nue à mon côté, tentait de me séduire, alors que je me défendais en lui expliquant que seul l'amour spirituel m'intéressait.

– Tout va bien ? me suis-je inquiété, la voix encore éraillée par le sommeil.

– Maman m'a tenu éveillé toute la nuit.

– Ah !

– Elle prétend que tu l'as quitté pour un homme qui s'appelle Cliff.

J'ai souri.

– Elle a été tellement choquée qu'elle est persuadée d'avoir eu une hallucination.

Mon sourire s'est agrandi.

– Papa, si tu ne dis rien, c'est parce que tu sais de quoi il retourne. Oh ! Ne me dis pas que…

– Si.

– Mais pourquoi était-il là ?

– Pour me soutenir dans la décision que j'avais prise.

– C'est le rôle d'un fantôme, ça ?

– C'est le rôle d'un ami.

15

« *La terre d'Acadie et ses verdoyants bois*
Et ses ruisseaux d'argent, ses prés et ses villages,
Et le toit de son père au milieu des feuillages,
Et son Evangeline allant à son côté,
Dans toute sa jeunesse et toute sa beauté. »
Henry Longfellow

J'entamais le printemps avec optimisme, car tout semblait s'arranger pour le mieux : Antoine avait accepté l'idée de me voir quitter sa mère, mes rendez-vous avec Cliff Cloud étaient devenus quasi quotidiens, et ma sœur allait *vraiment* se marier.

Cela faisait un petit mois que Dee Dee était rentrée à Louisville pour habiter avec Timothy Pains, et chaque fois qu'elle m'appelait, je pensais que c'était pour me prier d'aller la récupérer à l'aéroport de Long Beach. Antoine était certain de son retour aussi, les chats aussi, qu'elle s'était finalement résolue à me laisser et qui ne décollaient pas de la porte d'entrée. Mais ce soir, à l'heure où je m'apprêtais à me verser un verre avant d'écouter les nouvelles, un coup de fil a eu raison de tous nos pronostics.

– Il est enterré ! m'a annoncé tout de go ma sœur, d'une voix rauque, comme si elle était une mercenaire que j'avais chargée d'un assassinat.

– Qui est enterré ? me suis-je affolé, le cœur battant.

– Mon célibat, bien sûr ! Tu ne crois quand même pas que je parlais de Timothy ! Lui a cinquante-deux ans et va me durer un bon bout de temps.

– Tu l'as épousé ?

– Mais oui, gros bêta !

– Je n'en reviens pas.

– Lui non plus.

– Mais… quand ?

– Pour son anniversaire, j'ai eu l'idée de lui préparer des coquilles Saint-Jacques, des harengs pommes à l'huile, de la salade de chèvre chaud et un clafoutis aux pruneaux. Il en a été tellement impressionné qu'entre le café et le calvados, il m'a demandé d'un ton badin si je voulais l'épouser. C'était une manière sans-façon de me remercier pour l'exotisme du repas, parce qu'ayant toujours habité seul, il ne se nourrissait que de hot-dogs et de pizzas. Mais j'ai saisi la balle au vol et j'ai dit oui. Il a ouvert des yeux étonnés, et j'ai expliqué que si on ne s'était que très peu fréquentés pendant les quinze dernières années, cela ne voulait pas dire que je ne l'appréciais pas, et vice-versa. Après tout, nos grands-parents étaient amis, et nous avions en commun cet incendie de décembre. Il arrive souvent que les catastrophes naturelles rapprochent les gens. Alors, oui, j'étais prête. Nous avons enfin l'âge de prendre des décisions rapides.

– Tu lui as débité tout ça après son repas d'anniversaire ?

– Ça n'a pris que deux minutes.

– Bon Dieu, Dee Dee ! Toi qui t'enfermais dans ta chambre chaque fois que maman et papa recevaient des amis et n'en sortais qu'après m'avoir fait jurer sur la Bible qu'ils étaient partis ; toi qui refuses de te prêter à des séances de signature pour tes livres malgré les supplications puis les menaces de ton éditeur ; toi qui n'as jamais eu...

– Abrège !

– C'est bien *toi* qui as accepté une demande en mariage ?

– *Nonsense !* Je n'ai fait que prendre au pied de la lettre ses remerciements pour le repas. J'avais deviné que son humour ne lui servait qu'à cacher sa timidité et qu'il avait attrapé la première balle lancée au vol pour se déclarer. N'oublie pas qu'en tant qu'écrivaine, je suis très sensible aux sous-entendus. Je t'appelle donc pour t'annoncer que nous nous sommes mariés hier, parce que chacun de nous craignait que l'autre change d'avis. Il faut dire que sauter le pas après nous être guettés pendant quinze ans n'a pas été facile, étant donné que nous avons perdu de notre flexibilité. Bref ! Je m'en suis bien sortie, parce que ce matin, j'ai décelé un affaissement de la peau de mes avant-bras que je n'avais pas encore remarqué. Mais tu sais quoi ? Ça ne m'a rien fait du tout. Ha ! C'est *ça,* le mariage.

– Arrête tes balivernes ! Moi je retiens de tout cela que ma sœur unique s'est mariée sans m'inviter.

– Je ne pouvais pas. À qui aurais-tu laissé les chats ?

J'ai tout de suite appelé Antoine pour lui raconter les circonstances du mariage de Dee Dee.

– Ce type s'est fait rouler par tantine, a-t-il juste commenté.

– Qu'est-ce qui te le fait penser ?

– Il lui a parlé mariage après un repas d'anniversaire qui ne comprenait même pas un plat principal, m'a-t-il répondu, pince-sans-rire.

J'ai souri. Ma sœur n'avait en effet évoqué que trois hors-d'œuvre et un dessert.

***

On était dimanche, et mon programme de ce matin était simple : traîner au lit jusqu'à midi avec une assiette de fromages français, une demi-bouteille de vin et quelques nouvelles de Tchekhov, qui est mon Russe préféré. Un brunch tel que je ne m'en étais pas offert depuis un long moment... Il faut dire que j'avais trois choses à fêter, aujourd'hui : l'achat de la nouvelle Chevrolet Tahoe dont j'avais envie depuis longtemps, le coup de fil de ma sœur, hier soir, pour m'annoncer son mariage, et cette amitié avec Cliff Cloud que j'avais reçue en cadeau, cette année, et que j'entretenais comme un pot d'azalée.

– Mon préféré était le bleu d'Auvergne sur un toast brun, accompagné d'une grappe de raisin blanc et glacé.

J'ai posé mon livre pour découvrir, étonné, mon fantôme du ponton qui se tenait debout sur le seuil de ma chambre, fixant avec un mélange de convoitise et de nostalgie mon plateau de fromages.

– Ce soir, j'ai utilisé mes superpouvoirs pour venir vous voir. Tiens ! Ça rime.

– Vous avez perdu la tête, Cliff ?

– Dans ma situation, on ne peut plus la perdre.

– Alors, qu'y a-t-il de si urgent ?

– Vera s'en va aujourd'hui.

– Oh non ! Comment le savez-vous ?

– *On* est venu me le dire.

– Qui ça ?

– Le même jeune homme qui m'avait donné l'autorisation de rester sur mer après ma noyade. En fait, « jeune homme » n'est pas la définition exacte, mais c'est sous cet aspect qu'il se présente à moi. Il paraît qu'il exerce la fonction de psychopompe.

J'ai ouvert des yeux ronds qui ont fait sourire Cliff.

– Ça consiste à escorter les âmes récemment décédées, m'a-t-il expliqué.

– Escorter où ?

– Je ne le saurai que cet après-midi. Mais pour vous rassurer, je trouverai une façon de vous envoyer un signe lorsque j'aurai rejoint Vera. Je ne pourrai peut-être pas le faire tout de suite, mais je le ferai !

– Promis ?

– Parole de Cliff Cloud !

Je me suis soudain vu de l'extérieur : un homme d'âge moyen assis dans son lit, un plateau de fromages français posé sur les genoux, un verre de vin à la main, en train de s'informer auprès d'un visiteur fantôme, garantie à l'appui, à propos des destinations prévues pour les fraîchement décédés. C'était surréaliste.

– Tout est *under control*, a repris Cliff, qui avait lu dans mes pensées.

– Pour vous, peut-être, et encore… Donc, si je comprends bien, vous allez définitivement partir de votre paquebot aujourd'hui ?

– Je dois être auprès de Vera à dix-huit heures et huit minutes. C'est à cet instant-là qu'elle quittera son corps. Puis nous nous éloignerons ensemble.

– C'est votre… euh… copain psychopompe qui vous l'a dit ?

– Qui d'autre ?

– Je suppose qu'elle aura une sacrée surprise quand elle vous verra apparaître à ses côtés, prêt au décollage.

– J'ai hâte de vivre ça ! D'autant plus que ça m'a brisé le cœur de la voir, ce matin.

– Vous y êtes allé ?

– Son esprit m'avait appelé, et en la regardant reposer sur son lit, si pâle, avec déjà un pied dans l'au-delà, je me suis spontanément récité quelques vers de Longfellow qu'elle a dû percevoir, parce qu'à ce moment-là, son visage s'est éclairé. Voulez-vous savoir lesquels ?

– Bien sûr.

– *Le front d'Evangeline était calme et serein :*

– *Pour elle enfin le ciel ne serait plus d'airain !*

– *L'amour illuminait son âme sans mystère*

– *Ainsi que le soleil illuminait la terre.*

– Vous me donnez les larmes aux yeux, Cliff !

– Et moi, j'ai les larmes au cœur, parce que je suis ici pour vous dire au revoir. J'étais si pressé de rejoindre Vera ! Mais j'ai dernièrement commencé à lui souhaiter de vivre un peu plus longtemps pour gagner quelques semaines supplémentaires avec vous.

– Maintenant, c'est fini.

– Comme promis, lorsque viendra votre tour de partir, je serai là pour vous prendre par la main.

– Ce jour-là, je serai tellement vieux et gaga que je vous reconnaîtrai à peine !

– À moins que vous ne mouriez encore jeune et par accident.

– Merci ! C'est ce qu'on appelle parler en ami.

Il m'a piteusement souri et j'ai tenté de retenir mes larmes. Notre amitié n'avait que trois mois, mais je ne savais plus comment m'en passer.

– Je trouverai bien un moyen de vous envoyer ce signe après mon départ, m'a de nouveau assuré un Cliff aussi bouleversé que moi.

J'ai fait semblant de le croire, parce que j'en avais besoin et parce que je voulais que nos derniers moments ensemble soient aussi légers que ceux que nous avions déjà partagés.

– Vous vous apprêtez à retrouver la femme que vous avez toujours aimée pour l'emmener en promenade dans les étoiles, et pendant ce temps, je continuerai à vanter une marque de chocolat, à m'occuper de trois chats qui détruisent mes meubles, à avoir des conversations surréalistes avec ma sœur, et à prendre l'air sur un ponton où aucun ami ne me fera plus la surprise de me rejoindre pour me rappeler les slogans publicitaires des années cinquante ou pour me faire découvrir un poème d'amour de mille quatre cents vers… Eh bien, pour vous faire pardonner, vous avez vraiment intérêt à m'envoyer ce fichu signe à votre arrivée je ne sais où ! lui ai-je intimé d'une voix que je voulais enjouée.

– Croix de bois, croix de fer.

– Alors, à nous ! ai-je balbutié en levant mon verre à cet ami étourdissant qui portait la tenue avec laquelle je l'avais toujours vu : pantalon en toile bleu marine, chemise blanche, cravate bleu pétrole et pantoufles en velours côtelé.

– À nous ! m'a-t-il répondu, les larmes aux yeux.

– Vous allez rejoindre votre fiancée en pantoufles en une occasion pareille ? lui ai-je demandé en souriant malgré ma gorge nouée.

Mais il n'était déjà plus là.

Me retrouver seul dans cette maison de Long Beach, sans la perspective de revoir Cliff Cloud sur mon ponton, m'a soudain semblé tellement triste que j'ai appelé mon fils pour l'inviter à déjeuner.

– On pourrait se préparer des spaghettis aux boulettes de viande, lui ai-je proposé.

– Mais je croyais qu'aujourd'hui, tu t'offrais un brunch au lit.

– C'était mon intention, mais je n'ai pas eu faim.

– Alors, pourquoi faire des spaghettis ?

– Si tu préfères du fromage français, j'en ai tout un plateau.

– Je préfère que tu me racontes ce qui t'arrive.

– Cliff Cloud, c'est fini.

– Tu veux dire qu'il a quitté le navire ?

– Avant de quitter le pays et le globe. On l'a averti que sa fiancée allait partir ce soir, et ça fait soixante-sept ans qu'il attend ce moment.

– C'était prévisible.

– Oui, mais… cette histoire d'amour qui a commencé près de New York en 1955 pour se terminer en histoire d'amitié à Long Beach en 2022 me hantera toute ma vie. Je suis bouleversé.

– On le serait à moins !

– Tu crois toujours à ce que je t'ai raconté, n'est-ce pas ? me suis-je soudain inquiété, soupçonneux.

– Bien sûr ! Ça reste plus vraisemblable que le mariage de tante Dee Dee, en tout cas.

J'ai souri.

– Tu es le seul adulte vraiment équilibré que je connaisse, papa. Alors, je t'ai tout de suite cru ! Que comptes-tu faire, maintenant ?

– Continuer ma vie, je suppose.

– Avant cela, il faudrait que tu fasses ton deuil !

– Comment faire son deuil d'un fantôme ?

– En allant à ses funérailles.

– Pardon ?

– Je parle de celles de sa fiancée, qui vont aussi être les siennes puisqu'il y a eu demande de jumelage, non ?

16

« *La mort est un état de non-existence.*
Ce qui n'est pas n'existe pas.
Donc la mort n'existe pas. »
Woody Allen

Antoine avait raison ! Je ne pouvais pas reprendre ma vie où je l'avais laissée sans avoir fait mon deuil d'une amitié qui avait traversé mon existence comme une étoile filante, m'imprimant une traînée de lumière dans le cœur et des points d'interrogation dans la tête.

Cette relation surprenante, exclusive, affectueuse, aussi sincère que désintéressée, aussi profonde que légère, hors rendez-vous et hors norme n'était pas remplaçable. Il me fallait donc lui mettre un point final concret, ne fût-ce que pour la fixer dans la trame de mon existence.

Je savais que Cliff Cloud avait habité à Pleasantville, près de New York ; que c'était là-bas qu'il avait rencontré Vera ; et que celle-ci avait été enseignante pendant une cinquantaine d'années. C'était le moment d'en savoir plus ! Nous étions le 8 avril et j'ai commencé à consulter les rubriques nécrologiques des quotidiens locaux jusqu'à tomber sur un encart inséré dans le *Pleasantville Daily Voice* :

On nous annonce le décès survenu en date
du jeudi 7 avril de Veronica Tomsal, 93 ans.
Miss Tomsal, qui a enseigné les mathématiques
pendant cinquante ans au lycée de Pleasantville,
s'est éteinte paisiblement dans son lit.
Elle est pleurée par sa nièce, Merle Tomsal,
et par tous ses anciens élèves.
Le service funèbre se tiendra le samedi 9 avril
en la chapelle de Notre-Dame de Pompéi,
25-43 Saratoga Avenue, à 11 h.

Il s'agissait certainement de Vera !

Avant même de me donner le temps de réfléchir, j'ai ouvert le site de la Delta Air Lines avec l'intention d'acheter un billet aller pour New York sur un vol du soir. Il me resterait ensuite cinq heures de bus pour arriver à Pleasantville à temps pour les funérailles. Ça allait être une course contre la montre.

***

À onze heures pile en ce samedi 9 avril, la chapelle de Notre-Dame de Pompéi était déjà pleine. Je me suis discrètement installé au dernier rang, ivre de fatigue après une nuit sans sommeil. Le fait de me retrouver catapulté parmi ces inconnus qui priaient et chantaient m'a procuré un sentiment d'irréalité, et je me suis soudain demandé ce que je faisais là, à des milliers de *miles* de chez moi, assistant aux funérailles d'une nonagénaire que je ne connaissais ni d'Adam ni d'Ève.

La cérémonie terminée, j'ai fini dehors avec une foule de gens qui semblaient tous se connaître. Me voyant planté au milieu du trottoir en affichant un air perdu, un homme d'une soixantaine d'années qui était au volant d'une vieille Chevrolet bicolore a proposé de m'emmener au cimetière. Je l'ai remercié en prenant place à ses côtés, ne sachant pas quoi faire d'autre, de toute façon.

– Vous êtes un ancien élève de Veronica ? m'a-t-il interrogé, curieux.

– Eh bien…

– Je pose la question parce qu'on ne vous a jamais vu en ville.

– Je viens de Californie, ai-je spécifié avant de regretter d'avoir ouvert la porte à une conversation que je n'avais nullement envie de tenir.

– Exprès pour les funérailles ? Je ne savais pas que les Tomsal avaient de la famille là-bas… Vous êtes un cousin de Merle ?

– Eh bien…

– Vous paraissez encore sous le coup de l'émotion et n'avez pas envie de parler, hein ? Mais Veronica avait quand même quatre-vingt-treize ans… Que voulez-vous ? On finit par finir. Mais quelle belle âme ! Toute la ville était au courant de son indéfectible fidélité à ce fiancé perdu depuis des lustres que plus personne ne se rappelle. Quand je pense que moi, j'en suis à mon troisième mariage… Mais des femmes comme Veronica, on n'en fait plus ! Vous êtes marié, monsieur ?

– Eh bien…

– C'est ce que je pensais. Voilà le All Souls Cemetery ! Je vous laisse ici pour aller me garer et nous nous reverrons peut-être chez Merle, qui a invité à une collation tous les amis de sa tante.

Je me suis dirigé vers le coin du cimetière où s'était rassemblée une partie des personnes présentes à l'église, et je me suis tenu à l'écart en rêvassant.

– On se connaît ? s'est soudain adressée à moi une jolie femme d'une quarantaine d'années, vêtue d'un tailleur parme, me faisant sursauter.

La cérémonie était terminée et je ne m'étais même pas rendu compte que la plupart des gens étaient partis.

– Je ne crois pas que vous étiez un élève de ma tante, a-t-elle repris en me regardant avec attention. En tout cas, on ne s'est jamais rencontrés.

– Vous êtes Merle, n'est-ce pas ?

– Comment le savez-vous ?

– Un ami qui a été… euh… proche de Veronica m'a parlé de vous, lui ai-je expliqué, un peu gêné.

– Vous avez connu ma tante ?

– Non.

– Alors, pourquoi êtes-vous là ?

– Je…

– C'est indélicat de vous poser une question pareille alors que vous avez eu la gentillesse d'assister à ses funérailles. Veuillez m'excuser ! Quelques amis de ma tante vont se retrouver chez moi pour une collation, pourquoi ne pas vous joindre à nous ? On discutera là-bas.

– Je ne voudrais pas déranger.

– J'ai vu que c'était John Denver qui vous avait accompagné, mais il a déjà quitté les lieux. Il y a de la place dans ma voiture, si vous le souhaitez. C'est à dix minutes d'ici.

Je l'ai remerciée en m'asseyant sur le siège avant d'une Buick bordeaux, cherchant vainement de quoi parler pendant ces dix minutes de trajet.

– C'est le siège social du *Reader's Digest*, m'a fièrement appris Merle en m'indiquant une splendide bâtisse surmontée d'une tour et qu'on venait de dépasser. Tout a commencé ici avec DeWitt Wallace : un jeune homme qui avait loué une vieille écurie pour y installer quelques machines. Ce magazine paraît chez nous depuis 1922 et a conquis le monde entier.

– Je connais l'histoire de DeWitt, ai-je acquiescé.

– Ah, ça fait plaisir ! Ma tante était fiancée à un publicitaire qui travaillait au *Reader's* dans les années cinquante. Il est mort noyé et elle ne s'en est jamais remise.

– Ils ont dû se rejoindre, maintenant.

– C'est ce qu'on dit pour se consoler après une perte.

– Vous n'y croyez pas ?

– Oh, je ne sais pas ! Et vous ?

J'ai souri sans répondre.

La nièce de Vera habitait un vieil immeuble du centre-ville, dans un appartement situé sur le même palier que celui de sa tante. Pour la circonstance, on avait gardé ouvertes les deux portes d'entrée, et des gens circulaient d'un logement à l'autre portant une assiette de sandwiches ou un pichet de limonade. N'ayant personne à qui parler, et pour me donner un peu de contenance, je me suis servi un bout de cake aux raisins et je suis allé me poster devant la cheminée où trônaient une dizaine de photos. Étonné, j'ai reconnu sur l'une d'elles un Cliff Cloud décontracté et souriant, sa main posée sur l'épaule d'une jeune femme aux cheveux courts et châtains, vêtue d'une robe bleue, et qui le contemplait amoureusement.

– C'est ma tante et son fiancé, m'a expliqué Merle qui arrivait avec une grande bouteille de citronnade.

– Je sais, ai-je imprudemment répondu.

– Mais vous m'avez dit ne pas l'avoir connue !

– En fait, c'est... le fiancé qui me semble familier.

– Il est mort en 1955 !

– C'est vrai.

– Nous reprendrons cette conversation lorsque tout le monde sera parti, a-t-elle averti en me regardant bizarrement.

***

Il était seize heures lorsque les quelques personnes encore présentes ont aidé à mettre de l'ordre dans les deux appartements et à ranger le restant des boissons et des plats dans le réfrigérateur. J'avais passé tout ce temps assis dans le même fauteuil, à écouter tout le monde faire les louanges de Vera.

– Je suis à vous, maintenant, m'a annoncé Merle en s'approchant de moi, visiblement lasse après le départ du dernier visiteur.

– Je pourrais vous laisser et revenir plus tard, lui ai-je proposé, un peu gêné.

– Vous ne reviendrez pas. Or je veux savoir pourquoi vous êtes là ! Donnez-moi quelques minutes pour préparer deux cafés bien forts, et surtout, ne bougez pas de ce siège.

En effet, je ne serais pas revenu ! Me retrouver dans cet appartement étranger en train de raconter mon histoire à dormir debout à cette femme endeuillée était une perspective qui me donnait juste envie de foncer à JFK pour rentrer chez moi. C'était Antoine qui m'avait poussé à assister à ces funérailles, comme une sorte de politesse envers mon ami Cliff et pour m'aider à faire mon deuil. Maintenant, il n'y avait plus qu'à filer d'ici.

– Je vous écoute ! m'a intimé Merle qui avait surgi avec deux tasses fumantes avant de s'installer en face de moi.

J'ai porté mes yeux sur cette jolie femme entre deux âges et j'ai commencé à parler presque malgré moi, comme sous le contrôle d'une force que je ne maîtrisais pas, sous le regard de cet homme qui me souriait du haut de sa photo : un homme mort pour tout le monde sauf pour moi.

Dix minutes plus tard, j'avais tout dit.

Les coudes appuyés sur les genoux, les mains jointes devant la bouche, les yeux baissés sur les dessins du tapis, Merle ne m'avait pas interrompu une seule fois.

Elle allait probablement me prendre pour un fou, mais cela m'importait peu puisqu'on n'allait plus se revoir. Le fait d'avoir tout raconté m'avait en fin de compte procuré du bien, et quelque part, je sentais avoir rempli mon devoir envers Cliff Cloud, un devoir de mémoire.

– Ne trouvant pas de prétexte crédible pour justifier ma présence aux funérailles de votre tante, j'ai finalement choisi de vous dire la vérité, ai-je conclu en me levant. Vous me prenez sans doute pour un cinglé, mais je m'en vais maintenant, ai-je complété en tendant la main à Merle, qui n'avait toujours pas bougé.

– Restez, s'il vous plaît !

– Je ne peux rien ajouter à ce que je vous ai raconté et je n'ai aucune explication à vous donner, lui ai-je rétorqué en attrapant ma veste.

– Je vous crois.

Je me suis rassis, étonné, la fixant d'un air interrogateur.

– Je vous crois parce que votre histoire ne s'invente pas, parce que ce qui vous a amené à traverser la moitié du pays pour assister aux funérailles d'une inconnue ne peut avoir une raison banale, et surtout, parce que je pense que vos propos sont… plausibles.

– Vraiment ?

– Le fiancé de ma tante est décédé bien avant ma naissance, mais elle n'a jamais arrêté de parler de lui, et toujours comme de quelqu'un qui n'était qu'en voyage… À tel point que ce Cliff Cloud avait fini par devenir un membre de notre famille : un membre fantôme. Elle ne s'est jamais mariée, comme si elle l'attendait réellement, et sa fidélité était impressionnante parce qu'elle avait été très jolie, vous savez ! Toujours entourée de prétendants que cette fidélité attirait encore plus... Je le sais de ma mère. Pourtant, elle n'a pas vécu malheureuse ! Elle était charmante, et tout le monde l'adorait. Vous en avez eu la preuve, aujourd'hui. Mais elle m'avait une fois confié que son célibat ne lui pesait pas, parce qu'elle sentait souvent auprès d'elle la présence consolante de son fiancé disparu. J'avais pris ça pour un excès de romantisme ou de sentimentalité, mais ses propos me sont revenus en mémoire ces derniers mois durant lesquels je quittais rarement son chevet. Les jours où elle se trouvait au plus mal, il m'arrivait de sentir une sorte de présence diffuse qui flottait dans sa chambre, et cela m'oppressait. C'était comme un... changement de vibration dans l'air. Quand je lui en parlais, elle souriait.

– Vous devez être un peu médium.

– Comme nous tous, je crois. Mais moi, je n'ai jamais vu personne.

– Même pas à l'heure où elle est partie ?

– Non ! Mais cette heure-là a été bizarre, si je peux m'exprimer ainsi. Cette fois, le changement de vibration que j'ai perçu a été si fort que je suis sortie précipitamment de la chambre pour aller me servir un verre d'eau. À mon retour, elle était partie. Cela m'a beaucoup perturbée, mais le fait d'être constamment entourée depuis deux jours m'a aidée à ne pas trop y penser.

Je suis resté songeur plusieurs secondes, sans oser placer un mot.

– Il est vrai que l'instant de la mort d'un être aimé est toujours traumatisant pour ceux qui y assistent, a-t-elle repris, mais là, il y avait véritablement autre chose : une présence invisible qui ne m'était pas étrangère… Et puis, aujourd'hui, il y a vous qui émergez de nulle part pour me raconter votre histoire.

– Ce n'est pas mon histoire, mais la leur, ai-je rectifié en lui indiquant du menton la photo de Cliff et Vera.

17

« *Imaginez-vous tout ce que le sort dut permettre pour qu'on soit là, qu'on s'aime, et pour que ce soit nous…* »
Paul Géraldy

Je ne suis pas rentré à Long Beach après les funérailles. Merle et moi avions encore des choses à nous dire, et elle a proposé de me loger dans l'appartement désormais vide de sa tante, ce que j'ai refusé. Dormir là m'aurait justement empêché de dormir ! J'ai plutôt choisi de prendre une grande chambre au Homestead Lodge Appart Hotel, qui s'est révélé parfait pour un moyen séjour, puis j'ai appelé Antoine pour lui donner de mes nouvelles.

– C'est grandiose d'être allé là-bas, papa !

– Ça m'a semblé nécessaire, et c'est toi qui m'en as soufflé l'idée.

– Tu as reçu un signe de *lui* ?

– Malheureusement non ! J'ai juste rencontré la nièce de sa fiancée.

– Qui n'est bien sûr au courant de rien.

– Je lui ai tout raconté.

– Wow ! Et elle ne t'a pas chassé du cimetière à coups de pelle ?

– Elle m'a plutôt invité chez elle.

– Grandiose.

– Je vais donc passer un peu plus de temps ici.

– Pour quoi faire ?

– Je ne sais pas.

– C'est précis.

En fait, prolonger mon séjour à Pleasantville était inutile, mais je venais de perdre un ami et il me fallait un *break*. J'ai donc appelé Jack et Jude pour leur expliquer que j'étais à New York pour régler une affaire privée, que j'allais en profiter pour prendre de courtes vacances et que je leur confiais les trois chats de ma sœur, dont il fallait s'occuper comme de la prunelle de leurs yeux.

– N'hésite pas, mon vieux ! s'est exclamé Jude. Tu en as rudement besoin après tes problèmes avec Ginger et la cohabitation avec ta sœur. Et puis, nous avons les moyens de nous offrir de super vacances, cette année. Reste autant que tu veux.

– Certainement pas ! a crié Jack en lui arrachant l'appareil. Tu n'es parti que depuis quarante-huit heures, et déjà, les chats de ta sœur me rendent fou. Ils ont profité de leur solitude nocturne pour crever un sac de croquettes de vingt kilos (ce qui m'a obligé à balayer toute la cuisine) ; ils ont fait pipi dans les pots de plantes du bureau (où on n'a pas pu travailler à cause de l'odeur) ; et tu devras rembourser au propriétaire les rideaux en voile du salon. Alors, rentre tout de suite pour prendre en charge ces trois cinglés ou demande à ta sœur de les chercher aujourd'hui même !

– Je ne peux pas, elle vient de se marier.

– Comment ?

– — Elle vient d'épouser son voisin.

– Ne dis pas n'importe quoi pour te défiler. Ta sœur n'est pas épousable.

– Je vais me fâcher ! l'ai-je menacé, pourtant déjà fâché.

– Ne l'écoute pas, et profite plutôt de ton séjour à New York, a repris Jude. La solution serait de faire dormir les chats sur le ponton, d'où ils ne pourront pas s'échapper la nuit, mais juste se faire kidnapper par un des fantômes du *Queen Mary*... Ha ! Ha !

Le Homestead Lodge se situait à seulement dix minutes d'Atlantic City, le Las Vegas de la côte est, et de l'appartement de Merle, qui est passée me voir ce matin avant de se rendre au lycée où elle donnait des cours de rattrapage à quelques élèves et où sa tante avait enseigné les mathématiques.

– Je vous suis reconnaissante de ne pas être rentré chez vous tout de suite, a-t-elle confessé en soupirant. J'ai vraiment besoin d'un peu de temps pour assimiler ce que vous m'avez raconté puis en discuter en *live*, si je puis dire. Je vous avoue que je n'ai pas fermé l'œil de la nuit.

– Quelques jours de détente ne me feront pas de mal non plus, ai-je admis, et j'ai vraiment besoin d'une rupture avec Long Beach.

– J'imagine !

Cela faisait plusieurs années que je promettais à Ginger, puis à Ginger et Antoine, de leur offrir de vraies vacances, c'est-à-dire une vingtaine de jours à passer hors des États-Unis, ma femme rêvant de Toscane et mon fils, du nord de l'Europe. Mais j'avais été tellement occupé par le lancement de mon agence de publicité puis par le démarchage de clients que je n'avais pu leur proposer que quelques escapades dans le Colorado pour rendre visite à ma sœur, un voyage en Floride où nous avions été bloqués par un ouragan, un saut dans le Connecticut où Ginger avait de la famille, un déplacement en Louisiane pour le carnaval, et quelques jours à Manhattan pour tâter le pouls de New York, comme disait Antoine, mais où on avait plutôt tâté ma poche pour me voler argent et cartes de crédit, ce qui avait divisé notre séjour par deux. À part cela, on ne faisait que longer un bord de mer qu'on connaissait par cœur pour se rendre un week-end dans un motel de Santa Barbara, Carmel, Monterey ou Malibu. Point !

Mais pour la première fois depuis longtemps, il était possible de se passer complètement de moi à l'agence puisque la campagne du Zinfandelice était sur les rails et nous permettait de souffler un peu avant de prospecter de nouveaux budgets. Mes talents de créatif pouvaient donc aller « se faire voir ailleurs », comme m'avait dit Jude pour m'encourager à me reposer. Mais l'ironie de la chose était que je n'avais plus de raison d'emmener ma femme en Italie ; et comme nous étions en avril, il était aussi trop tard pour emmener mon fils voir des aurores boréales en Norvège. Et puis, malgré le plaisir de nous être retrouvés,

Connie et moi n'avions pas vraiment renoué. J'étais donc seul de ce côté-là aussi.

– Il en va souvent ainsi des rêves... Quand on les fait, ils sont irréalisables, et quand ils deviennent réalisables, on ne les fait plus ! Le passage du temps est le plus efficace des dissolvants, ai-je constaté en saisissant le verre d'apéritif que Merle, qui m'avait invité à dîner ce soir, venait de me servir.

– Je vous trouve bien mélancolique alors que vous étiez en pleine forme, ce matin.

– C'est parce que pour la première fois depuis des années, je peux me permettre de prendre de vraies vacances, alors que je n'ai ni compagnons de voyage ni programme, lui ai-je confié en soupirant.

– Il y a pire.

– C'est aussi à cause d'une nouvelle de Fitzgerald que j'ai lue dans un livre emprunté à la bibliothèque de l'hôtel.

– Laquelle ? Je les connais toutes.

– *La Fêlure.*

– En effet ! s'est-elle exclamée en riant. Vous ne pouviez pas plus mal tomber ! Celle-là a été écrite alors que Zelda était à deux doigts de se faire interner à nouveau, que lui-même avait commencé à plonger dans une dépression et qu'il était presque ruiné. N'empêche que, d'après moi, c'est le meilleur de ses textes.

– Il est curieux de constater que, d'une manière générale, plus on se sent mal, plus on écrit bien. Sauf dans la publicité, heureusement pour moi !

– « Je n'ai plus de sympathie pour le facteur, ni pour l'épicier, ni pour le rédacteur en chef, ni pour le mari de la cousine, et la vie ne va plus être bien agréable à vivre ; *attention au chien* est écrit pour toujours au-dessus de ma porte. J'essaierai d'être un animal aussi correct que possible, et si vous me jetez un os avec assez de viande dessus, je serai peut-être même capable de vous lécher la main. » Ce sont les dernières lignes de *La Fêlure*.

– Wow !

– Je suis amoureuse des auteurs de ce qu'on appelle « la génération perdue », celle des années folles ; et puis, j'ai bonne mémoire.

– Vous avez alors dû retenir une flopée de vers d'Evangeline, vu les relations très spéciales que votre tante avait tissées avec Longfellow.

– Bon Dieu ! Non ! Elle se comportait comme si Evangeline était une propriété privée et refusait qu'on lui en récite un seul vers… Ce cas d'expropriation littéraire est unique dans l'histoire ! Vous souriez ?

– Parce que je comprends.

– Moi aussi. Vera a habité ce poème pendant tellement longtemps qu'elle a fini par se l'approprier. Il a joué, en quelque sorte, le rôle de la maison qu'elle aurait occupée avec Cliff si le drame du *Queen Mary* ne s'était pas produit. Savez-vous que le 28 décembre de chaque année, je l'emmenais sur le port de New York ? Après avoir fait une petite prière, elle jetait dans l'eau un exemplaire d'*Evangeline* en mémoire de son fiancé comme d'autres jettent des fleurs.

– Il me l'a dit.

– C'est quand même incroyable de vous voir arriver ici en en sachant autant sur nous !

– Cliff était mon ami.
– C'est tout aussi incroyable.

***

J'ai finalement passé plus de trois semaines à Pleasantville. Merle, qui avait trouvé une bonne âme pour se faire remplacer dans ses cours de rattrapage, s'était mise à ma disposition pour m'emmener à Manhattan, que j'avais envie de redécouvrir. Nous avons donc sillonné Central Park en mangeant des hot dogs, puis le Metropolitan Museum en nous gorgeant de peinture, avant de nous offrir des soirées-théâtre à Broadway et des soirées-restaurant dans l'East Village.

Une fois lassés de New York, nous nous sommes rendus aux chutes du Niagara, où nous avons admiré le pouvoir de la nature, et à Atlantic City, où nous avons observé celui de l'argent.

Au bout de ces quelques jours vécus ensemble, je me suis senti aussi proche de la nièce de Vera que je l'avais été de Ginger tout au début de notre mariage. Cet étonnant secret qu'on partageait désormais nous liait autant que mille souvenirs communs… Et puis, Merle était aux antipodes de mon ex-femme, de ma sœur et de toutes les petites amies que j'avais eues. Sa présence était tellement apaisante qu'avec elle, je me sentais aussi léger qu'un écolier en vacances. Nous avons passé de longues heures à discuter de Cliff et Vera, bien sûr, mais aussi du mystère de l'humain, de l'indestructibilité du grand amour, du futur de la vie et même de la magie de la littérature. Et nous avons parlé de nous. Je lui ai dit que j'étais en instance de divorce et que mon avocat s'en occupait. De son côté, elle était tout à fait libre.

– Tu me dois maintenant trois semaines en Californie ! Pourquoi ne pas m'y accompagner ? lui ai-je proposé l'avant-veille de mon départ.

– Je paie toujours mes dettes, m'a-t-elle répondu en souriant. Je vais m'organiser avec l'amie qui me remplace à l'école, mais je suis presque sûre qu'elle sera contente de prolonger. C'est un supplément financier non négligeable qu'elle appréciera.

– Super ! Nous prendrons nos repas sur mon ponton, là où tout a commencé.

– Ça va me faire tout drôle.

– Mais je voudrais me rendre d'abord dans le Colorado, pour voir ma sœur.

– Pas de problème.

Merle s'est donc arrangée avec son amie, et nous avons aussitôt préparé notre voyage et l'escale chez ma sœur. Je sentais qu'il était de mon devoir de lui rendre visite avant de rentrer à Long Beach. Il fallait que je sache où elle en était avec la reconstruction de sa maison et le projet de récupération de ses chats, et il fallait surtout que je fasse la connaissance de son mari… Cette histoire de mariage était tellement bizarre et avait été si soudaine que j'en éprouvais un certain malaise, à tel point qu'il m'arrivait parfois de ne pas y croire. Je devais donc tirer cette affaire au clair au plus vite et rencontrer mon nouveau beau-frère afin de tranquilliser mon esprit. Dee Dee serait sûrement étonnée de me voir faire irruption chez elle sans préavis, et accompagné d'une étrangère de surcroit, mais j'allais en prendre le risque. Au pire, nous ne passerions que quelques heures à Louisville.

– Jay-Jay-Jay ! s'est exclamée ma sœur en me découvrant à sa porte, transformant mon prénom en un bégaiement animalier.

Nous avions atterri à l'aéroport de Denver en fin d'après-midi, et j'avais donné l'adresse de Timothy Pains au taxi.

– Jay ? a-t-elle repris plus normalement en fixant Merle, debout près de moi, avec des yeux ronds.

– Comme j'étais à New York, j'ai décidé de venir te rendre visite avant de rentrer à Long Beach.

– Tu étais là-bas pour la campagne du Zinfandelice ? J'avais cru comprendre par Jude qu'elle allait devenir nationale.

– Euh… oui.

– Ça veut dire qu'on va me voir partout ? Même à Louisville ?

– Ça se peut.

– Entrez ! Entrez ! C'est madame qui s'occupe des médias ?

– Merle est une amie.

– Merle ? Tu es Jay, je suis Chikadee, et elle est Merle ? Trois oiseaux ? C'est de bon augure !

Merle m'a regardé, décontenancée.

– Oh ! Quelle mauvaise hôtesse je fais en vous laissant debout comme ça ! a repris Dee Dee en nous invitant à nous installer dans son salon.

– Il n'était pas concevable que ma sœur se marie sans que je connaisse mon beau-frère, ai-je expliqué en m'enfonçant dans un fauteuil

– Tim ne connaît pas son beau-frère non plus, et il ne s'en plaint pas.

– Je n'ai pas dit que…

– Bonsoir ! nous a soudain salués un homme sortant de la cuisine avec un verre de scotch à la main.

Il était en jeans et chemise à carreaux, petit de taille, les yeux bleus, et presque chauve. Physiquement : un anti Burt Reynolds ! Mais il avait un air avenant et une tête sympathique.

– Mon frère, l'a renseigné Dee Dee en me montrant du doigt, comme si je n'étais pas le seul homme présent.

– Un vrai plaisir de faire votre connaissance ! Votre sœur m'a beaucoup parlé de vous, m'a-t-il affirmé avec chaleur en me tendant la main.

– En bien ! a cru bon de préciser Dee Dee en se raclant la gorge.

– Vous resterez dîner, bien sûr. Et pas question d'hôtel ! Vous coucherez ici.

– On n'a qu'une seule chambre d'amis et je ne sais pas s'ils couchent ensemble…, a avancé Dee Dee en jetant à Merle un bref coup d'œil.

Son mari l'a regardé, consterné. Moi aussi. Merle aussi.

Tim nous a finalement invités à dîner dans son restaurant favori avant de nous conseiller de passer le week-end au Quinta Inn.

– Ton mari est un chic type ! ai-je félicité ma sœur avant de reprendre la route de l'aéroport avec Merle, deux jours plus tard, et après un déjeuner-barbecue dont nous avions profité dans son jardin.

– Mais toi, tu m'as menti à propos de cette Merle ! Votre relation n'a rien de professionnel.

– C'est toi qui as présumé qu'elle l'était. Je n'ai menti en rien.

– Ce n'est pas un reproche. C'est une fille qui m'a plu ! Elle ne parle pas pour ne rien dire, s'habille normalement, ne ressemble pas à Néfertiti, comme Connie Conboy, et ne se prend pas pour la femme du shah d'Iran, comme Ginger Owl.

– Il n'y a plus de shah en Iran.

– Je sais ! Je sais aussi que Néfertiti est morte.

– Reprenons depuis le début : ton mari est un chic type. Je suis heureux d'avoir fait sa connaissance, parce que je suis sûr de te laisser en de bonnes mains. De là où elle est, maman doit être vraiment rassurée pour toi.

– Tu pourras enfin te libérer du « Chéri, fais attention à ta sœur ! ». C'est à mon tour maintenant de m'occuper de mon frère et je n'aime pas l'idée de te voir rentrer seul à Long Beach. Cette femme part avec toi ?

– Oui, pour un court séjour.

– Hmm… C'est bon ça. Promets-moi de faire attention à toi quand même ! Te rappelles-tu le jour où je t'ai vu papoter seul sur ton ponton en faisant de grands gestes comme si tu débattais avec quelqu'un de sujets passionnants ? Eh bien, depuis ce jour-là, tu m'inquiètes ! Alors, si tu as quelque chose à m'avouer, c'est le moment. Je peux tout entendre.

– Une seule chose : je ne peux pas garder tes chats.

***

Merle et moi avons repris le chemin de l'aéroport de Denver après avoir remercié mon beau-frère avec effusion pour son accueil. Ces deux jours passés ensemble à Louisville, auprès de ma sœur, nous avaient rapprochés autant que les trois semaines passées ensemble à Pleasantville…

Dee Dee était comme un shaker qui pouvait faire éclater une relation en quelques minutes, ou la souder à jamais.

– Ta sœur est très… spéciale, s'est confiée Merle, une fois dans l'avion.

– Je suis désolé si certaines de ses remarques t'ont dérangée, mais c'est Dee Dee.

– Elles m'ont plutôt amusée. Je me demande seulement comment tu as pu combiner, pendant plus de trois mois, une vie quotidienne avec cette sœur-là et une relation amicale avec le fiancé défunt de ma tante. C'est stupéfiant ! Mais ce qui l'est encore plus, c'est le genre de circonstance qui nous a réunis, toi et moi, parce qu'habitant à des milliers de kilomètres l'un de l'autre, les chances de nous rencontrer étaient pratiquement nulles.

– J'ai tendance à croire que mon ami d'outre-tombe n'est pas totalement innocent dans cette affaire, ai-je conclu en souriant.

18

« *Parce que c'était lui, parce que c'était moi.* »
Michel de Montaigne

J'avais réservé deux chambres sur le *Queen Mary* pour le soir même de notre arrivée. Je tenais à passer notre première nuit californienne à bord de ce navire parce que je pensais, peut-être à tort, qu'il serait plus facile à mon ami Cliff de m'envoyer le signe promis s'il me trouvait là.

Quant à ma location de Long Beach, j'avais finalement décidé d'en résilier le contrat pour retourner travailler à Venice, dans la maison de mes parents qui me servait déjà de bureau avant ma séparation d'avec Ginger. Je dormirais sur place et verrais donc Antoine plus souvent. En attendant, je prolongerais mes vacances en faisant visiter la côte à Merle, avec pour objectif de pousser jusqu'à San Francisco, avant de nous diriger vers San Diego et de faire une petite incursion à Tijuana, au Mexique.

– Je ne sais pas si je suis prête à passer la nuit sur ce paquebot, m'a avoué Merle, un peu inquiète, au moment où le taxi nous déposait devant le quai où flottait le *Queen Mary*.

– C'est devenu un hôtel comme un autre, lui ai-je fait remarquer sans y croire.

– Pas pour nous.

– Pour nous aussi, jusqu'à…

– Jusqu'à ce que tu reçoives ton signe, a-t-elle terminé en souriant.

– Tu y crois, toi ? lui ai-je demandé pour la énième fois.

« Le *Queen Mary*, inauguré en 1936, a pris sa retraite à Long Beach en 1967 », expliquait un guide à des visiteurs debout sur le pont, à notre arrivée. « Surnommé le *Old Lady* et devenu pendant la guerre un transporteur de troupes, il a accidentellement percuté un de ses navires d'escorte, le 2 octobre 1942, causant la mort de 239 membres d'équipage. »

– C'est donc le *Bloody Mary* qu'il fallait le surnommer, m'a chuchoté Merle.

« Redevenu navire de croisière après la guerre, il a fini par être transformé en hôtel avant d'être racheté par la compagnie Walt Disney qui l'a revendu à la ville de Long Beach », a continué le guide. « Les mêmes méandres qu'une vie humaine… Ha ! Mais nous arrivons au plus intéressant ! Savez-vous que ce *Queen Mary* figure parmi les dix endroits les plus hantés au monde ? On peut même s'y promener à minuit avec son magnétophone pour enregistrer des phénomènes paranormaux et essayer d'entrer en contact avec les fantômes qui hantent le paquebot. J'avertis ceux qui auront la chance de rencontrer un esprit farceur, cette nuit, qu'il ne sera pas possible de nous le piquer, parce que nos fantômes sont tous enchaînés… Ha ha ! »

J'ai été tenté de m'avancer pour clouer le bec à cet imbécile avant de me raviser, car en fin de compte, malgré mon lien avec Cliff Cloud, rien de ce qui concernait ce navire ne me regardait, pas même les bêtises débitées par le personnel.

Une fois nos affaires déposées dans nos chambres, et comme c'était déjà l'heure de dîner, nous nous sommes dirigés vers le Sir Winston's, que j'avais découvert avec Antoine.

– Nous changeons de siècle ! s'est extasiée Merle, enchantée, en admirant le décor.

– Qu'as-tu envie de manger ? me suis-je enquis, bouleversé de me retrouver attablé en face du ponton de ma maison sur lequel je n'avais plus remis les pieds depuis les adieux de Cliff Cloud.

– Huîtres à la Rockefeller et chateaubriand à la sauce périgourdine, si tu acceptes de le partager avec moi.

– C'est exactement le même menu que j'ai commandé ici avec mon fils ! me suis-je exclamé. Et comme dessert ?

– Le soufflé Sir Winston's au chocolat noir et Grand Marnier.

J'ai éclaté de rire.

– Tu avais commandé ça aussi ?

– De toute évidence, mon ami Cliff a très vite découvert que nous gagnerions à nous côtoyer et a agi en conséquence... Je le salue donc, où qu'il soit, et le remercie de m'avoir fait rencontrer mon âme sœur, comme il avait rencontré la sienne, ai-je déclaré d'une voix vibrante à Merle, qui a soudain piqué un fard.

– Et moi... je salue Vera et son amour retrouvé, a-t-elle bredouillé, feignant d'être absorbée par le menu.

Nous n'avons quitté le Sir Winston's qu'après notre deuxième pousse-café. Il faisait déjà nuit, et de là où j'étais, on pouvait voir ma maison plongée dans l'obscurité. Combien de fois mon ami m'avait-il guetté d'ici ? Nous retrouverons-nous un jour dans ce monde qu'il a fini par rejoindre ?

– Tu sembles porter sur tes épaules tout le poids de ce paquebot, a constaté Merle en interrompant ma rêverie.

– Je pensais à...

– À ton Cliff, évidemment. Comment peut-il en être autrement alors que nous nous trouvons dans un endroit où il a séjourné pendant soixante-sept ans ?

– J'étais en train de songer que je l'ai perdu à cause de ta tante, ai-je honteusement avoué.

– C'est vrai ! s'est-elle exclamée en riant à la vue de mon visage penaud.

– Il y a quelque chose qui continue à m'émerveiller, me suis-je ressaisi en plaçant ma main sur la sienne avec délicatesse, comme une question muette. Lors de notre première rencontre à Pleasantville, je n'étais qu'un inconnu catapulté chez toi pour te raconter une histoire à dormir debout, et pourtant, à aucune seconde, tu ne m'as pris pour un fou. Pourquoi ?

– Pour les raisons que j'ai évoquées ce jour-là, et parce que tu avais mis du baume sur mon deuil en m'ouvrant la porte d'un monde dont je pressentais déjà l'existence. Alors que tous les autres étaient venus chez moi pour me présenter leurs condoléances, toi, tu es tombé du ciel pour m'apprendre que je n'avais perdu personne.

– C'est beau, ça !

– Et ne sois pas déçu si tu ne reçois pas de signe tangible de ton ami Cliff… Qui te dit que le signe qu'il t'a promis n'était pas, tout simplement, de favoriser notre rencontre ?

– Il semblerait bien que oui, ai-je admis.

– Et jure-moi de ne pas taper à ma porte, à minuit, pour m'emmener fumer une Marlborough à l'endroit de la coursive où ton fantôme du ponton a voulu secourir cet assureur anglais suicidaire…

– Je le jure ! ai-je promis en levant le bras en direction de mon ponton. Mais te rends-tu compte que si Cliff Cloud ne s'était pas noyé en tentant de sauver ce malheureux Ron Isenberg, désespéré parce qu'il avait fait faillite à Londres, en 1955, nous ne serions pas ensemble aujourd'hui ?

La manière dont nos vies étaient imbriquées provoquait le vertige.

***

La nuit sur le *Queen Mary* s'est passée le plus tranquillement du monde, comme elle se serait passée dans n'importe quel hôtel, flottant ou non, et Merle et moi nous sommes retrouvés pour le petit-déjeuner sans n'avoir rien de spécial à nous raconter.

J'avais vainement guetté un signe de mon ami toute la nuit, et je tentais de n'en éprouver aucune déception en me disant que l'au-delà m'avait déjà comblé en me faisant la grâce d'une amitié hors du temps ! Je commençais à croire que Merle avait peut-être raison de prétendre que le signe en question était la réunion de tous les ingrédients pour favoriser notre rencontre.

Au fond de moi, je savais que je ne remonterais plus sur ce paquebot, mais qu'il ferait toujours partie de ma vie, comme un vieux membre de la famille qu'on ne visitait plus, mais qui restait présent dans les pensées et la mémoire. Dans l'immédiat, mon programme était de présenter Merle à Antoine, qui était très curieux de faire sa connaissance. Il était convenu qu'il viendrait nous chercher au port avec ma nouvelle Chevrolet Tahoe, à bord de laquelle je voulais emmener Merle à San Francisco en empruntant la Highway 1 qui longeait la côte du Pacifique.

Au moment de descendre sur le quai, j'ai jeté un dernier coup d'œil au *Queen Mary* et, bouleversé, j'ai serré la main de Merle. J'étais conscient de quitter l'endroit où tout avait commencé pour moi et j'ai senti ma gorge se nouer en pensant à cet ami qui m'avait peut-être offert un amour en même temps que lui rejoignait le sien.

Cliff était désormais loin, et aucun effort d'imagination ne pourrait jamais me le situer dans l'espace ou le temps. Mais nul ne pourrait jamais me priver de l'espérance que m'avait procurée cette amitié.

« C'est quoi, maman ? » a soudain demandé un petit garçon qui trottinait devant nous, indiquant à sa mère quelque chose de blanc qui ondulait près de la coque.

Merle et moi nous sommes spontanément rapprochés du bord pour voir s'agiter sous la surface de l'eau, comme un poisson ivre, les restes d'un livre en piteux état, mais dont le titre était, par miracle, encore lisible.

– *Evangeline*, a déchiffré Merle d'une voix tremblante.

J'ai regardé, fasciné, ces quelques pages gorgées d'eau dont l'encre se dissolvait lentement dans les ondes bleues du port, et je me suis senti emporté par un immense sentiment de gratitude envers cet ami d'outre-tombe qui savait si bien tenir ses promesses. Un ami étourdissant !

Mon ami.

« *Alors il crut ouïr comme une voix du ciel,*
Une voix qui disait : "Gabriel ! Gabriel !
Je te retrouve enfin, et nous mourons ensemble !"
Et cette voix vibrait, comme l'airain qui tremble.
Dans un songe, aussitôt, il vit, comme autrefois,
La terre d'Acadie et ses verdoyants bois,
Et ses ruisseaux d'argent, ses prés et ses villages,
Et le toit de son père au milieu des feuillages,
Et son Evangeline allant à son côté,
Dans toute sa jeunesse et toute sa beauté. »

Henry Longfellow

Dépôt légal : janvier 2024
Achevé d'imprimer en janvier 2024
Imprimé en Espagne par CPI Black Print